임진강 피닉스

임진강 피닉스

장사주 지음

임진강 연안의 한 부유한 가정에서 태어난 강인아,

14살 때 난리를 만나 피난길에 오르면서 그녀의 가족은 풍비박산했다.

그녀는 갖은 수난을 겪으며 낯선 땅을 떠돌다 고향으로 돌아오지만 기다리는 것은 황량한 나대지뿐이었다.

좋은땅

목차

1. 아호리의 첫사랑

며칠째 비가 오락가락하다가 지난밤에는 꽤 많은 비가 내렸다. 인아는 학교에 갈 일이 걱정되어, 강물이 불어나기 전에 서둘러 책가방을 챙겨 들고 읍내에 있는 반 친구 경희네 집으로 갔다. 경희는 한마을에 피난하면서, 인아가 편입하던 날 우연히 한 반이 되었다. 그날부터 그들은 20리도 더 되는 길을 자매처럼 함께 다니며 통학했다. 그러다 경희네는 읍내의 집을 복구하여 다시 그리로 들어갔다. 이런 인연으로 큰물이 질 때면 인아는 그녀의 집으로 들어가 신세를 지는 일이 흔히 있었다.

주말이 되어 좀처럼 끝날 것 같지 않던 장마가 잠시 멈추면서 하늘이 개고 있었다. 인아는 자기 집에 나갈 생각으로 경희네 집으로 돌아와 가방을 챙겨 들고 길을 나섰다. 통학 길로는 가기에는 물이 많아 강을 건널 수 없다는 것을 그녀는 잘 알고 있었다. 배를 타고 강을 건너려면 4㎞나 더 먼 길로 돌아가야 했다. 이 지방 사람들은 이 길을 신작로라고 부른다. 그녀는 그 길을 들어섰다. 왼편으로는 시야가 모자라게 넓은 들이 펼쳐져 있고, 오른편으로는 밋밋한 산들 사이에 초가집들이 늘어앉았다. 차가 귀하던 시절이라 길은 늘 한가히 졸고 있다.

인아는 길을 걸으면서 부질없는 생각에 머릿속이 어수선했다. 이를테면 휴전선과 장마전선은 어쩌면 저렇게도 닮았을까. 북쪽에서 냉랭한 세력이 밀고 내려왔다. 남쪽의 온화한 세력이 화들짝 놀라 맞부딪혔다. 두 세력은 힘이 팽팽하다. 포탄이 아니면 폭우를 퍼부어 댔다. 그들은 무수한 인명과 재산을 앗아 갔다. 지금 숨 고르기를 하는 모습이 비슷하다. 인아는 장마에 도깨비 여울 건너는 소리로 중얼거리며 터덜터덜 걸어가고 있었다. 그때 할머니 한 분이 가까이 있는 밭두둑에서 막대로 풀숲을 뒤지고 있는 모습이 보였다. 그러다 할머니는 애호박 하나를 따 들고, 굽혔던 허리를 펴며 손으로 옆구리를 툭툭 두드렸다. 어쩌면 저렇게도 자기 할머니의 모습을 하고 있을까. 인아는 눈시울이 시큰했다.

그녀의 고향은 임진강 연안에 있는 '강포리'라고 하는 포구 마을이다. 중학교 1학년 때 난리를 만나, 엄마와 함께 이모가 사는 이곳 경상도 '아호리'라는 마을까지 피난을 내려왔다. 동생 민우도 함께 왔지만, 그는 피란길 오다가 폭격을 당해 큰 상처를 입고 이곳에 와서 죽었다. 그리고 아빠는 집을 떠날 때, 마중 나온 할머니가 불의의 사고를 당해 집으로 되돌아간 것이 마지막이었다. 이러한 연유로 인아는 가족에 관한 생각이 남들과 달랐다.

인아는 이러저러한 생각을 하면서 정신을 다른 데 팔고 있다가 깜짝했다. 해가 산마루에 걸려 너울거리고 있었다. 장마 때 어둠이 끼면 나루지기도 배를 자기 마음대로 띄울 수 없는 것이다. 그녀의 발걸음이 빨라졌다. 나룻가에 이르렀을 때는 땅거미가 내리고 있었다. 강 건너에 있는 나루지기가 마지막 손님이 없을까 주위를 살피다가 그제야 배를 띄웠다. 상앗대를 물속으로 깊숙이 찌르는 그의 모습이 멀리서 보아도 힘겨워 보였다. 배가 간신히 강을 건너 이쪽에 와 닿았다. 숨을 거칠게 내쉬는 나루지기는 내려서기 바쁘게 곰방대에 살담배를 채워 넣고 입에 빼물었다. 맨살에 걸친 저고리에서는 땀으로 절은 비릿한 냄새가 풍겼다. 어둠이 짙어 앞이 제대로 보이지 않았다. 그는 입에 물었던 곰방대를 빼내 손바닥에 툭툭 치며 덜 탄 담배를 털고 쫓기듯 배에 올랐다. 상앗대를 물속으로 몇 번 찔러 넣어 뱃머리가 겨우 물길을 잡아 들어설 때이다. 멀리 어둠 속에서 배를 멈추라고 외치는 소리가 흐릿하게 들려왔다. 상앗대를 물로 꽂는 데 정신이 팔린 나루지기의 귀에 그 소리가 들릴 리 없었다. 배 안에 있는 사람들이 술렁거렸다. 그제야 나루지기가 상황을 알아채고 잠시 망설이는 듯하더니 뱃머리를 틀어 돌렸다. 이런 어둑한 큰물에 그만이 내릴 수 있는 용단이다.

어둠 속에 달려온 사람은 그녀와 한마을에 사는 장성준 학생이다. 그는 남자고등학교 3학년이고, 그녀는 여자고등학교 2학년이다. 한마을에 살고 있기는 했어도 타성바지인지라 한마디 말도 건넨 적 없는 사이이다. 배가 어둠 속에 간신히 강을 건너 나루터에 와 닿았다. 사람들은 배에서 내리기 바쁘게 뿔뿔이 헤어졌다. 아호리 큰 마을로 오르는 사람은 인아와 성준, 두 사람뿐이다. 그들은 산자락을 끼고 들판으로 난 방죽을 2km나 더 걸어 올라야 했다. 장마철이 아니어도 주위가 살벌하여 밤에 혼자 걸어 오르기에는 여간 부담스러운 길이 아니다. 이런 사정을 잘 알고 그들은 모르는 척 혼자 걸어 오를 수 없었다. 성준은 인아를 앞세워 가기 위해 방죽으로 오르는 길목에 서 있었다. 인아는 낌새를 알아채고 얼른 그의 앞을 지나쳤다. 그가 뒤따른다는 것은 그녀에게 여간 부담스러운 일이 아니었지만 어쩔 수 없었다. 그들 사이의 거리는 10m 남짓했다. 장마에 길이 패여 고르지 못한 데다 우기에 자란 잡초들이 길로 뻗어 발목을 잡았다. 인아는 들쥐들의 바스락대는 소리에도 신경이 곤두서 등골이 오싹했다. 그런 때 갑자기 시커먼 괴물체가 자기 바로 앞에 나타났다. 그녀는 기겁하여 '아~ 악' 하는 소리와 함께 그 자리에 털썩 무너지고 말았다. 몸이 얼어붙어 오금이 떨어지지 않았다. 난리가 지나간 지 오래지 않아 사람의 목숨을 우습게 여기던 때이다.

그녀의 외마디 소리에 성준은 깜짝 놀라 몸이 움츠러들었지만, 자기의 자존심이 걸린 문제여서 달려가지 않을 수 없었다. 성준이 달려오자 그녀는 엉겁결에 그의 옷자락을 잡고 늘어졌다. 성준 역시 기가 눌려 괴물체에 선뜻 다가서지 못했다. 그 자리에 서서 누구냐고 다그쳤지만, 상대는 버티고 서서 아무 반응이 없었다. 그제야 성준은 무슨 짐작이 가듯 조심스럽게 괴물체에 다가갔다. 그것은 장맛비에 떠내려온 미루나무 둥치였다. 강물에 떠내려가는 것을 누군가 끌어내어 방죽에 걸쳐 놓은 것이다. 허탈하기 그지없는 일이었다. 그들의 놀란 가슴은 쉽게 가라앉지 않았다. 한참 후에야 인아는 성준의 옷을 잡은 것이 스스럽게 느껴졌다. 그제야 잡았던 옷을 놓으며 미안하다는 말 한마디 남긴 후, 자기 혼자 집으로 종종걸음쳤다. 성준은 몰래 그녀의 뒤를 따랐다.

이런 일이 있고 나서, 인아는 한동안 그 일이 마음에 켕겨 일상이 어수선했다. 하지만 그와 얼굴을 마주할 일은 없었다. 그의 집과 자기네 집이 멀리 떨어져 있을 뿐 아니라, 그는 대학 입시 준비를 한답시고 자기 학교 가까이에서 하숙하고 있었다.

그해가 가고 이듬해 봄이다. 마을에는 성준이 서울에서 제일가는 대학에 들어갔다는 소문이 파다하게 떠돌았다. 사람들은 그가 졸업하면 판사가 된다느니, 아니면 검사가 된다느니 하고 시새운 마음으로 수군거렸다. 인아는 그가 공부를 잘한다는 말은 듣고 있었어도, 자기가 학교에서 수석을 놓쳐본 적이 없는 터여서 그렇게 대수로이 여기지는 않았다. 그런데 막상 그가 대학에 진학하고 나니, 아무 상관도 없이 그와 멀리 떨어져 있다는 느낌이 갑자기 들었다.

인아가 고등학교를 졸업하고 두어 달이 되어 갈 무렵이다. 그녀는 경희를 만나 취업에 관한 정보도 나눌 겸, 읍내에 들어갈 생각이었다. 그녀는 거울 앞에 나가 앉아, 얼굴을 옅게 분장하고 머리를 두 갈래로 갈라 묶었다. 그리고 졸업할 때 엄마가 사 준 회색 원피스에, 적갈색 벨트를 허리에 둘렀다. 누가 보아도 성숙한 처녀였다. 엄마는 대문을 나서는 딸의 모습이 대견스러워, 집을 나서 돌담을 돌아 날 때까지 마루에 서서 바라보고 있었다.

인아는 강 건너 골짜기를 거슬러 올라 고갯마루에 이르렀다. 그때 저 멀리 읍내 쪽에서 들길을 걸어오고 있는 한 남자가 눈에 띄었다. 옷차림새가 어떤 기관의 제복 같기도 하고, 사관생도의 외출복 같이 보이기도 했다. 저런 제복을 입고 시골을 다니는 사람을 보기는 쉽지 않은 일이다. 서로를 향해 걸어가고 있어 두 사람 사이의 거리는 금세 좁혀졌다. 그녀의 앞에 걸어오고 있는 사람은 대학 교복을 입은 성준이다. 그는 수돗물을 먹어 새하얘진 얼굴에 사각모자를 눌러 써 의젓해 보였다. 성준 역시 이 아리따운 처녀가 인아라는 것을 알고, 꼿꼿하던 자세가 금세 흐트러졌다. 그들은 그날 밤 미루나무 둥치에 놀라 소란을 피운 일이 있고, 처음 만남이다. 인아는 그를 대하기가 난처해 고개를 숙이고 그냥 지나치려는 때이다.

"인아 씨, 안녕하세요?"

성준은 말했다.

"안녕하세요?"

인아는 얼결에 대답했다.

"인아 씨, 졸업을 축하합니다."

성준은 포장된 책 한 권을 가방에서 꺼내 주며 말했다.

인아는 그를 앞에 두고 거절하기가 난처해 엉겁결에 받았다. 당시만 해도 이성의 남자가 주는 선물을 받아들이는 것은, 자기의 마음을 허락하는 거나 다름이 없는 때이다. 하지만 졸업을 빙자하여 주는 것을, 뿌리치기는 쉽지 않았다. 그녀는 돌아서서 가던 길을 재촉했다. 길이 꺾여 서로가 보이지 않을 때야 받아 든 선물의 포장지를 뜯어보았다. 프랑스 어느 여대생이 쓴 신간 서적이다. 책갈피에 메모지 한 장이 끼어 있었다.

인아 씨, 실례가 되는 줄 알면서도 한번 만나서 이야기하고 싶습니다. 내일 밤 9시 은행나무 밑에서 기다리겠습니다.

인아는 난리가 나기 전만 해도, 임진강 유역에서 남부럽지 않게 살고 있었다. 할아버지가 한의원을 하시면서 화물을 운송하는 배 한 척을 사들였고, 그 얼마 후 또 한 척이 늘어났다. 한 척은 마포에서 한강, 예성강을 거쳐 황해도 토산까지 오르내렸고, 다른 한 척은 강화도, 한강, 임진강, 사미천을 거슬러 강원도 북쪽 이천까지 오르내렸다. 서울로 가는 배에는 콩을 비롯한 곡물과 가축, 숯, 과일 같은 것을 실었고, 돌아오는 배에는 식염, 새우젓, 고등어 같은 것들이 실려 있었다. 뱃사람들이 나갔다가 돌아올 때는, 흔히 술 한잔을 걸치기가 일쑤였다. 그러다 흥에 겨우면 그들은 뱃노래를 부르기도 했다.

사업이 한창 번창하던 시절에 할아버지가 돌아가셨다. 서울에서 대학을 다니고 있던 아버지가 하는 수 없이 학업을 중단하고 가업을 이어받았다. 그런데 운이 따르지 않아 곧 철도가 놓이면서 운송할 물량이 반으로 줄어들었다. 엎친 데 덮친 격으로 갑자기 철조망이 가로놓이면서, 북쪽으로 가는 운송로가 가로막히고 말았다. 그리고 얼마 후 난리가 일어난 것이다.

2. 첫사랑의 상처

인아는 그동안 취업 준비를 하는 데 정신이 팔려, 남자를 사귈 생각 같은 것은 해 볼 겨를이 없었다. 성준이 성실한 학생이라는 것은, 엄마도 잘 알고 있다. 그녀는 은행나무 밑으로 가야 할지, 말아야 할지 마음이 헷갈렸다. 이 생각 저 생각에 잠겨 있다가 만나자는 시간이 훌쩍 지났다. 하지만 그를 놓치고 난 후 후회할 것만 같은 생각이 자꾸만 들었다. 그녀는 이리 저리 방을 헤매다 뒤늦게 집을 나섰다. 그가 지금까지 기다리고 있을지는 모르는 일이다. 어둠이 짙어 길이 잘 보이지 않았다. 골목을 올라 나무 가까이 이르렀다. 주위가 어둠에 싸여 소름이 일어 더 들어설 수가 없었다. 땅을 더듬어, 조그만 돌 하나를 집어 들고 조심스럽게 나무 밑에 던져 넣었다. 기다리고 있었듯 바로 나직한 휘파람 소리가 새어 나왔다.

시골의 밤은 겉으로 보기에는 조용해 보여도, 피난민들이 머물다 가면서 밤을 틈타 남몰래 사랑을 속삭이는 사람들이 흔히 있었다. 이런 사실을 잘 알고 있는 인아와 성준은, 아예 그곳을 피해 산기슭 깊숙이 자리를 옮겨 앉았다. 하지만 그곳마저 주의를 게을리할 수는 없었다. 자기들과 같은 생각을 하는 사람들이 그곳에 먼저 숨어 앉아 밀회하고 있을지도 모르는 일이다. 그렇다면 먼저 온 사람들은 뒤늦게 나타난 사람들 때문에, 본의 아니게 숨을 죽이고 있어야 했다. 이런 사정으로 인아와 성준 사이에는 잠시 불편한 침묵이 흘렀다. 그러다 성준은 나직한 목소리로 자기 마음을 털어놓기 시작했다. 방죽에서 인아와 그런 일이 있고 나서, 자기는 하루도 그녀를 잊어 본 적이 없었으며, 인아가 고등학교 졸업하기만을 기다리고 있었다고 했다. 하지만 인아는 그날 밤 그런 일이 있고, 가끔 그가 떠오르기는 했어도 사랑의 감정 같은 것은 가져 본 일이 없었다. 하지만 어제 그의 의젓한 모습을 보고 나서, 자기도 모르게 전에 갖지 못했던 새로운 감정이 일어 마음이 설레었다. 사랑은 이렇게 싹이 트기 시작했다.

이튿날 성준이 떠나고 나서, 인아는 마음이 텅 비어 일이 손에 잡히지 않았다. 취업 준비를 한다며 수시로 펼치던 책들도 손에서 멀어지고, 집 안을 쓸고 닦던 일들도 깜박 잊고 지낼 때가 많았다. 공연히 집 안팎을 드나들고 있다가, 자기도 모르게 뜰에 하얗게 얼굴을 내민 풀꽃들을 바라보고 있었다.

이해의 봄은 인아에게 유달리 길었다. 그녀는 집에 혼자 있기가 따분하여 밭에 나가는 엄마를 따라나섰다. 들 가에 청개구리 우는 소리가 요란하고, 보리골 사이로 누렇게 시든 냉이 냄새가 진동했다. 인아의 마음이 열리고 있었다. 하루해를 밭에서 보내고, 어둑할 무렵 집으로 돌아가려는 때이다. 골짝에서 소쩍새의 울음소리가 들렸다. 엄마의 시선이 무의식중에 그 위에 있는 민우의 무덤을 거치다 거둬들였다. 아직도 엄마는 죽은 외동아들을 잊지 못해 가슴에 묻고 있었다.

여름이 오기 바쁘게 성준이 방학을 맞아 서울에서 내려왔다. 성준은 그녀를 만나고 싶을 때면 그녀의 집 돌담 밖으로 숨어들어, 잔돌을 집어 들고 인아의 방문 밑에 던졌다. 그녀의 방문 하나가 뒤란으로 가는 옆쪽에 나 있어, 그쪽 편은 딴청 같았다. 돌은 그들을 만나게 해주는 매개체이다. 그들은 어둠을 틈타 집을 빠져나와 너럭바위에 가 앉거나, 아니면 으슥한 들가 잔디 위에 가 앉곤 한다.

그해의 여름은 몹시 분주했다. 방학이 끝나고 성준이 서울로 올라가고 난 후이다. 인아는 정신이 번쩍 들었다. 공무원 선발 시험을 치르는 날이 열흘도 남지 않았다. 그녀는 밀쳐놓았던 책을 펼쳐 들고 밤을 지새웠다. 시험을 치르고 집으로 돌아오던 날이다. 방에서 떠들썩하게 웃는 소리가 대문 밖까지 들렸다. 추녀 아래 여러 켤레의 신발이 놓여 있었다. 이런 일은 전에는 좀처럼 보지 못하던 광경이다. 이모와 영주댁의 목소리는 그렇다 하더라도, 용궁댁의 목소리까지 들렸다. 그녀는 성준의 어머니다. 인아는 그들 몰래 돌아 있는 옆문을 통해 자기 방으로 들어갔다. 방문에 다가앉아 그들의 이야기를 엿들으려고 귀를 기울였다. 하지만 그들의 떠드는 소리는 안테나 없는 라디오 소리 같아, 무슨 말을 하고 있는지 알아들을 수가 없었다. 그들이 집으로 돌아가고 난 후이다. 방문을 열고 마루에 불쑥 나타나자 엄마가 깜짝 놀라 말했다.

"너, 언제 들어왔어? 시험은 제대로 치른 거냐?

"그런대로 보았어. 괜찮을 거야."

"그렇다면 다행이구나. 성준 어머니가 너의 칭찬을 많이 하더구나."

"뜬금없이 그게 무슨 소리야. 발림으로 하는 소리겠지 뭐."

인아는 가슴이 뜨끔했다.

"아니야, 빈말로 하는 소리 같지가 않더구나."

엄마의 말에는 뼈가 있었다.

영주댁은 성준 학생의 숙모이다. 그녀는 성준이 인아와 사귀는 낌새를 알아채고 양가를 드나들며 혼인을 부추겼다. 어쩌면 용궁댁이 그녀에게 혼사가 이루어지도록 해 달라고 부탁을 했는지도 모른다. 그해가 가고 이듬해 늦은 봄이다. 복숭아꽃이 떨어져 뜰에 이리저리 굴러다녔다. 이 무렵, 인아네 집에는 떠돌이 봇짐장수가 비단을 머리에 이고 가끔 드나들었다. 그녀는 강 건너 안골마을에 사는 30대 초반의 생과부이다. 남편이 의용군에 끌려가고 나자, 시부모를 모시고 먹고 살길이 없어 시작한 것이 봇짐장수이다.

하루는 그녀가 무슨 낌새를 알아챈 듯, 인아네 집을 찾아들었다. 이때 엄마는 무늬가 아름답고 윤이 반짝이는 비단 치마저고리 감을 색에 따라 두 벌이나 샀다. 그때만 해도 인아는 엄마가 자기와 한 벌씩 나눠 입으려나 생각하고 있었다. 그런데 일주일이 지나지 않아 봇짐장수가 또 들러, 수 놓은 듯이 잘 짜인 고급 양단과 봄가을로 입는 옷감들을 엄마 앞에 펼쳐 놓았다. 그제야 인아는 엄마가 자기의 혼수를 장만하고 있다는 것을 알았다. 엄마는 이것저것 만지다가 몇 벌을 골라 놓고, 값을 후려 깎으려고 뜸을 들였다. 봇짐장수 역시 만만치 않은 여자이다. T시에 가서 물건을 도매가로 직접 떼 온 것이라며, 다른 데보다 한 푼이라도 비싸면 옷값을 받지 않겠다고 으름장을 놓았다. 그렇다고 호락호락 넘어갈 엄마가 아니다. 엄마는 벌써 시장을 두루 돌아다니며 가격을 대충 알고 있었다.

이해의 여름은 인아에게 몹시 분주한 계절이었다. 성준은 방학이 되어 마을에 내려와 있었고, 그녀는 공무원 채용 시험에 합격하여 발령 관계로 경희와 만남이 잦았다. 그런데 어느 날부터 문밖에 돌 떨어지는 소리가 들리지 않았다. 이때만 해도 인아는 성준에게 무슨 사정이 있었겠지 하는 생각에 별로 신경을 쓰지 않았다. 그런데 며칠이 더 지나도 소식이 없자 그게 아니었다. 마음이 불안하기 시작했다. 엄마와 마루에 앉아 저녁을 먹고 있었는데 영주댁이 대문을 열고 불쑥 들어섰다. 그녀의 표정이 예사롭지 않아 보였다. 찌푸린 얼굴에 곧 일어설 것처럼 마루에 어중간하게 걸터앉아 입을 떼지 않고 있었다. 엄마는 올라와 앉으라고 손으로 마룻바닥을 툭툭 쳤다. 그녀는 처음부터 그럴 생각이 없었다. 전 같으면 마루에 눌러앉아, 동네 돌아가는 이야기를 다 하고도 일어날 생각을 않던 여자이다. 인아는 자기 때문에 저러나 싶어, 얼른 밥상을 챙겨 들고 부엌으로 들어갔다. 그때야 엄마와 영주댁이 붙어 앉아 뭔가를 수군거렸다. 그들은 처지가 비슷하여 누구보다도 가까이 지내는 사이다. 영주댁이 엄마처럼 신학문을 배운 것은 아니지만, 선비인 아버지 밑에서 배운 한학은 남의 집 사돈지를 써서 주고도 남음이 있었다.

인아는 그들이 하는 이야기를 엿들어 보려 했지만, 워낙 조심스럽게 말하고 있어 감을 잡을 수가 없었다. 설거지를 대충 끝내고 그들 앞을 지나 곧바로 방으로 들어갔다. 그런데 엄마와 영주댁이 하던 이야기를 멈추고 서둘러 일어나 대문을 빠져나갔다. 아무리 생각해도 그들의 몸가짐이 예사롭지 않게 보였다. 성준의 집에 무슨 일이 일어난 게 틀림없었다. 그녀는 조바심하며 대문을 열고 돌계단에 나가 앉았다. 멀리 마을에서 개 짖는 소리가 야단스럽게 들렸다. 사람들이 길에 나다니고 있다는 징표다. 그녀는 불길한 예감이 들며 누군가 자기 집에 곧 들릴 것만 같았다. 잠시 후였다. 아니나 다를까 길 저쪽 어둠 속에서 오고 있는 사람의 형체가 보였다. 몸가짐으로 보아 틀림없는 성준이다.

"인아 씨, 왜 밖에 나와 있어요?"

성준은 가쁘게 다가서며 말했다.

"그냥 나와 본 거예요. 그런데 요즈음 무슨 일이 있었나요?"

"미안해요."

"미안하다니요?"

"아버지와 다툼이 좀 있었어요."

"무슨 일로요?"

"갑자기 결혼을 서두르지 말라고 하시잖아요. 제가 불효를 하는 일이 있어도 인아 씨와의 결혼 약속은 꼭 지키겠어요."

"그렇다면 무슨 까닭이 있을 게 아니에요?"

그녀는 그를 다그쳤다.

"그까짓 갯밭이 무슨 대수라고 그러시는지 모르겠어요."

성준은 혼잣말처럼 중얼거렸다.

그녀는 그의 중얼거림이 무슨 뜻인지 알 수 있었다. 가슴이 섬뜩하여 머리를 내저었다. 그곳에 더 서 있고 싶은 생각이 없었다. 그의 입에서 또 무슨 말이 나올지 모르는 일이다. 그녀는 쌩하니 돌아서 집으로 들어갔다.

마을에서는 개간하는 땅을 두고 어떻게 하면 좀 더 얻어 부칠 수 있을까 하고, 저마다 애바르게 돌아다니며 신경을 쏟고 있었다. 성준 아버지도 마찬가지였다. 성준과 강펄을 개간하는 회사 사장 딸과의 혼사를 미끼로, 공사 감독과 어울려 설레발을 떨고 다닌다는 말이 벌써 떠돌고 있었다. 하지만 인아는 성준과 그 어머니를 믿고 있었기 때문에 그런 말을 귀담아듣지 않았다. 그런데 지금 와서 보니 그게 아니다. 성준과 다툼까지 있었다면 보통 문제가 아니다. 인아는 불길한 생각에 문득 엄마가 가엾다는 생각이 먼저 들었다. 엄마는 아직도 피난 때에 당한 일로 밤이면 악몽에 시달리고 있다. 자기마저 어떻게 잘못된다면 보통 심각한 문제가 아니다. 인아는 생각만 해도 가슴이 써늘했다. 엄마가 돌아오기를 기다렸으나 자정이 가까이 되도록 엄마는 돌아오지 않았다.

밤늦게부터 밖에는 많은 비가 내리고 있었다. 인아는 어쩌다 잠이 들어 눈이 뜨일 때는 등잔불이 홀로 밤을 지새우고 있었다. 엄마는 아침 늦게까지 잠에 떨어져 일어날 기미가 보이지 않았다. 우산이 후줄근하게 젖어 마루에 걸려 있는 것을 보면, 날이 샐 무렵 돌아온 것이다.

이른 아침부터 전지를 돌보러 나가는 사람들의 발걸음이 바빴다. 어느 때 같으면 엄마도 밭뙈기가 궁금해 집을 나설 법도 한데, 한나절이 가까이 되도록 일어나지 않았다. 인아는 밥상을 차려 들고 방 안으로 들어섰다. 그제야 엄마가 마지못해 부루퉁한 얼굴로 눈을 비비며 부스스 일어났다.

"너, 어젯밤 그냥 잔 거냐?"

"응, 성준이 찾아왔더군."

"그래, 뭐라고 하더냐?"

"그냥 미안하다며 자기만 믿어 달라고 했어."

"그게 무슨 소리냐?"

"나도 잘 모르겠어. 그 아버지하고 무슨 일이 있었나 봐. 엄마는 어젯밤 어디 갔다 온 거야?"

"영주댁에 갔었지. 그이의 말로는 읍내 최 사장이 성준을 자기 딸과 결혼시키고 싶어 안달이 났다더구나. 공사 감독을 앞세워 수작을 부리고 있다지 뭐냐. 결혼이 성사되면 개간하고 있는 땅의 경작권을 성준 아버지에게 넘겨주겠다는 거야. 그 일로 성준 아버지가 성준과 다투고, 자기 방으로 들어가 문을 걸어 잠그고 나오지 않는다더구나."

"엄마, 너무 신경 쓸 것 없어. 성준이 그렇게 호락호락하게 넘어갈 사람 아니야. 설령 어떻게 된다 해도 그 사람 아니면 세상에 사람이 없겠어?"

인아는 엄마의 마음을 누그리려고 오기 어린 말을 하고 있었다.

"그거야 그렇지."

엄마는 자기가 한 말이 미덥지 않다는 듯 시선을 허공으로 돌렸다.

전 같으면 이런 궂은날이면 지짐질을 하느라 구수한 냄새를 풍겼을 텐데, 하루해가 다 가도록 방 안에서 나오지 않았다. 담장에는 애호박이 줄줄이 매달려 있었고, 그 너머 남새밭에는 싱싱한 푸성귀들이 너절하게 늘어앉아 있었다. 하루해가 다 가는데도 엄마의 시무룩한 표정은 좀처럼 풀릴 기미가 없었다. 엄마와 인아는 어두워지기 전에 마루에 앉아 저녁을 먹고 있었다. 갑자기 이모가 일그러진 표정으로 대문을 열고 불쑥 들어섰다. 종일 들에서 일하다가 집으로 가는 길에 일삼아 들린 것이다. 인아가 벌떡 일어나 이모의 저녁을 챙기려고 부엌으로 가려는데, 이모가 손을 절레절레 내저었다. 지금 밥 생각이 없으니 막걸리가 있으면 한 사발 퍼서 오라고 했다. 인아는 이모의 말이 떨어지기 바쁘게 주전자를 들고 광으로 들어가, 주전자에 술이 넘치도록 퍼서 담아 왔다. 이모는 목이 타듯 주전자를 내려놓기 바쁘게 한 사발을 벌컥벌컥 들이마셨다. 그리고 곧 가슴을 쓸어내리며 말했다.

"조금 전 성준의 집 앞을 지나오다가 성준 어미를 만났다. 성준 아버지가 성준과 대판으로 다투고 나서, 속을 이기지 못해 문을 걸어 잠그고 사랑방에 누웠다는구나. 어미가 나를 붙들고 어떻게 하면 좋으냐고 하소연하니

20

난들 뭐라고 말하겠어. 그냥 도리를 따르라고 말하긴 했다만, 보통 일 같지가 않구나."

이모는 그 집과 멀지 않은 집안 간이다.

"그래서 어쩌자는 건데?"

엄마는 화가 나 말했다.

"그러니 말이다. 어쩌면 그 어미가 오늘 밤 여기 들릴지도 모르겠구나. 자기의 코가 대자나 빠졌으니 무슨 소리를 할지 어떻게 알겠니."

이모는 한숨을 내쉬었다.

밥상을 물리고 이모가 집으로 돌아가려는데, 성준 어머니가 침통한 얼굴로 대문을 열고 들어섰다. 헝클어진 머리에 치맛자락이 느슨하게 늘어졌다. 인사 같은 것은 나눌 엄두도 나지 않았다. 그녀는 마루 끝에 걸터앉아 머리를 떨군 채 입을 닫고 있었다. 이모는 그녀와 얼굴을 마주하기가 민망해 슬그머니 일어나 대문을 빠져나갔다. 용궁댁은 한참이 지나도 말이 없었다. 엄마는 기다리다 못해 왜 그러냐며 그녀를 다그쳤다. 그제야 그녀는 어쩔 수 없이 자기 집 사정을 털어놓으며, 자기들의 무례함을 용서해 줄 수 없겠느냐며 통사정했다. 엄마는 눈길 하나 주지 않고 냉랭한 표정만 짓고 있었다. 성준 어머니의 시선이 인아에게로 갔다.

"인아 아가씨, 성준 아버지가 죽게 생겼으니 그이를 좀 살려 주면 안 될까?"

그녀는 울먹이며 말했다.

이 말은 인아에게 벼락 치는 소리다. 그녀는 당장 용궁댁을 쏘아붙이고 싶었지만, 아직 혼사가 어떻게 되어 갈지도 모르는 처지여서, 마음 내키는 대로 말할 수도 없었다. 인아는 아무 말 없이 벌떡 일어나 자기 방으로 들어갔다. 울분을 참지 못해 눈물만 짓고 있었다. 엄마는 화가 머리끝까지 치밀었다. 몸을 곧추세우고 냉랭한 어투로 말하기 시작했다.

"듣자 듣자 하자니 못 할 소리가 없구려. 혼사란 일생에 가장 중요한 일이거늘, 누가 여기까지 부추겨 놓고 이제 와 없던 일로 해 주면 좋겠다니, 도대체 이런 경우가 어디에 있는 것이오?"

엄마의 호통치는 소리는 인아의 방까지 쩌렁쩌렁했다.

성준 어머니의 입이 열 개라도 할 말이 없었다. 그녀는 머리를 떨군 채 눈물만 흘리고 있었다.

"그런데 성준이 그 학생은 어떻게 할 모양입디까?"

엄마는 거듭 다그쳤다.

"걔야, 아무래도."

그녀는 입이 떨어지지 않아 얼버무렸다.

"걔야, 아무래도 라니? 성준이 그 학생은 어쩔 모양이더냐고 묻지 않았습니까?"

엄마는 또다시 윽박질렀다.

인아는 엄마의 이런 모습이 낯설었다.

"걔야 아무 말이 없지만, 아무래도 아버지를 살리려고 하지 않겠어요?"

그녀는 말했다.

그들의 말을 엿듣고 있던 인아는 정신이 아찔했다. 그렇다면 성준이 자기를 믿어 달라고 한 말도 미덥지 못하다는 말인가? 인아는 문을 열고 나가 잘잘못을 따지고 싶었지만, 성준이 자꾸만 떠올라 무릎이 떨어지지 않았다. 그러고 있을 때 갑자기 대문 열리는 소리가 들렸다. 난데없이 성준이 불쑥 들어섰다. 어쩌면 그가 밖에서 이야기를 다 듣고 있었는지도 모른다. 그는 곧장 엄마 앞으로 다가가 고개를 떨구면서, 어떤 일이 있어도 자기의 마음은 변함이 없으니 믿어 달라고 하소연했다. 그리고 곧 자기 어머니의 팔을 끼어 잡고 대문을 나갔다.

3. 엄마와의 이별

엄마는 치미는 화를 참지 못해 집 안팎을 들락이다가, 끝내는 집을 나섰다. 그냥 손쉽게 당하고 있을 엄마가 아니다. 일이 벌어져도 크게 벌어질 것은 불을 보듯 뻔했다. 인아는 일이 더 크게 벌어지기 전에, 자기가 잠시 집을 떠나 있어야겠다는 생각이 선뜻 들었다. 그러려면 엄마가 들어오기 전에 집을 나서야 한다. 벽에 걸린 시계가 밤 9시를 가리키고 있었다. 어디로 가야겠다는 생각 같은 것은 하여 볼 시간이 없었다. 그녀는 책장 사이에 챙겨 두었던 비상금을 꺼내 주머니에 구겨 넣었다. 잠시 친구네 집에 가 있다가, 격한 감정이 가라앉으면 돌아오겠다는 메모지를 엄마 방에 던졌다. 그리고 홀쩍 집을 나섰다. 마을 앞을 걸어 내릴 때는 아무런 생각이 없었다. 어쩌면 이것이 엄마와 영원한 이별이 될지도 모른다는 생각 같은 것은, 끼어들 겨를이 없었다.

그녀가 어둠에 묻힌 길을 더듬으며 강가에 이르렀을 때는, 생각지도 못했던 큰물이 앞을 가로막았다. 그녀는 갈팡질팡하다가 어떻게 하지 못해, 장마 때 배를 타던 습관으로 방죽을 따라 내렸다. 강변에 있는 나루지기 황털보의 집은 어둠에 묻혀 유령이 떠도는 도깨비 집 같았다. 그가 이 시간에 배를 띄울 리 없었다. 그리고 인아는 자기의 처지를 누구에게 알릴 형편도 아니었다. 그녀는 무턱대고 나루터로 나갔다. 강기슭을 후리는 물

소리만 기괴하고 살벌했다. 그녀는 아무 의미 없이 뱃머리를 맴돌고 있었다. 그러다 문득 난리가 나던 해 강에 나가 낚싯배를 젓던 생각이 떠올랐다. 그까짓 배가 조금 떠내려간들 무슨 상관이 있으랴. 배가 강 건너 저편에 가 닿기만 하면 되는 것이다. 그녀는 죽기 아니면 살기로 배에 매달린 줄을 걷어쥐었다. 그리고 배에 오르기 바쁘게 상앗대를 힘껏 거머쥐고 물속으로 찔러댔다. 배는 처음부터 자기 마음대로 움직이지 않았다. 물이 깊어질수록 상앗대가 바닥에 닿는 시간이 더뎌졌다. 배가 점점 뱃길을 벗어났다. 팔다리가 사시나무 떨리듯 후들거렸다. 이럴 수가! 상앗대가 뱃전에 닿아 손을 떼지 않으면 물속으로 곤두박질치게 생겼다. 그녀는 하는 수 없이 상앗대를 놓고 말았다. 배는 갑자기 끈 떨어진 두레박이 되었고, 강물이 배를 통째로 삼켜버릴 기세다. 이제 꼼짝없이 죽었구나 하는 생각에 그녀는 가로대를 부둥켜안고 배 바닥에 웅크리고 앉았다.

갑자기 시커먼 산부리 하나가 강으로 불쑥 내밀었다. 인아는 그 산을 알고 있었다. 일자로 된 산이 몸체를 강으로 삐죽이 내밀었다고 하여 '일자산'이라 부른다. 강물이 산에 부딪혀 소용돌이치면서, 바닥의 흙이 긁히어 깊은 늪을 만든 곳이 있다. 천년 묵은 이무기가 용이 못 되어 그 한을 삼키려고 물속에서 가끔 덤벙거리고 있다고 하여, '덤벙이 소'라 사람들은 부른다. 배가 그 늪으로 기울고 있었다. 인아는 정신이 흐려 사물의 분간이 가지 않았다. 이윽고 물 위에 고래 등 같은 시커먼 물체가 솟아올랐다. 그리고 곧 물속으로 사라졌다. 틀림없는 이무기다. 배 안에는 그에 대항하여 싸울 만한 무기가 아무것도 없었다. 그녀는 쪽박 쓰고 벼락을 피하는 심정으로, 물을 퍼낼 때 사용하는 고무 바가지를 무의식중에 집어 들었다. 이럴 수가! 형체를 알아볼 수 없는 괴물이 배에 기어오르고 있었다. 고무 바가지가 거무죽죽한 주둥이에 일격을 가했다. 그녀의 본능적인 반응이다. 하지만 대항은 그것으로 끝났다. 인아의 몸이 움직이지 않았다. 이제 죽었구나 하는 생각에 정신이 혼미해지면서, 한순간 가족들의 얼굴이 눈앞에 아늘거렸다. 그리고 세상은 그것으로 끝났다.

"인아야 정신 차려!"

시간이 얼마나 지났는지는 모른다. 엄마의 애타는 목소리가 꿈결같이 들렸다.

"인아야, 이러면 안 돼, 정신 차려!"

이 거듭되는 소리에 인아의 눈이 번쩍 뜨였다. 배는 늪을 빠져나와 굽이진 강물에 서서히 떠내려가고 있었다. 그녀가 본 이무기는 헛것이 눈에 띈 것이다.

구름이 옅어지면서 강기슭에 딸린 산과 나무들의 형체가 조금씩 드러났다. 하지만 마을에서 흘리는 불빛 같은 것은 보이지 않았다. 그녀는 자기가 살아 있다는 것이 무척 신기했다. 입술을 지그시 깨물었다. 그때 문득 떠오른 것이, 비가 오던 날 중학교 국어 선생님이 해 주시던 장마 때 이야기다.

갑술년 대홍수 때이다. 비가 며칠째 그칠 줄 모르고 내리고 있었다. 낙동강 나루마을에 사는 사람들이 주막으로 여럿 모여들었다. 처음에 그들은 막걸리를 마시며 심심풀이로 화투를 치다가, 술값을 떼기 위해 판돈을 조금 걸었다. 시간이 지날수록 판돈이 늘어나면서 투전판이 됐다. 내리던 비는 밤늦게부터 억수같이 퍼부었지만, 그들은 화투에 정신이 팔려 비 따위에는 관심이 없었다. 주모는 밤늦게까지 그들의 시중을 들다가 잠에 떨어져 세상모르고 자고 있었다. 강물이 점점 불어나 들판을 채우고 주막을 덮치고 있었다. 그들이 이런 사정을 알 때는 이미 그곳을 빠져나갈 수 없는 때이다. 물은 점점 불어나 집이 잠기고 있었다. 그들은 하는 수 없이 지붕 위로 기어올랐다. 하지만 곧 집이 물에 떠 강물에 휩쓸렸다. 그들은 지붕 위에서 갈팡질팡했고, 그중 한 사람이 물로 굴러떨어졌다. 그러자 그들 중 나이 든 한 사람이 벌떡 일어나 소리쳤다.

"우리 이러면 모두가 죽습니다. 살고 싶으면 지금부터 새끼를 꼬이소. 새끼줄만 있으면 우리는 살아서 나갈 수 있습니다."

그의 목소리는 박절하고 절실했다. 이때부터 사람들은 새끼를 꼬는 데 정신이 팔려 있었다. 나이가 든 사람이 노린 것이 바로 이런 것이다. 그런데 그들이 꼰 새끼줄은 겹치고 겹치어 동아줄이 되었고, 그 줄은 대들보에 매달려 강가 물 구경 나온 사람들에게 던져졌다. 이렇게 하여 그들은 모두가 물 밖으로 나올 수 있었다.

인아가 살아 나갈 길이 바로 이런 것이다. 그녀는 가로대에 매달린 줄을 잡아 끝에 매듭을 지었다. 다행히 하늘이 열리면서 물가에 선 나무들이 제 모습을 드러내기 시작했다. 이제 기회가 되면 매듭을 나뭇가지에 던져 끼우기만 하면 되는 것이다. 그녀는 멀지 않은 곳에 물돌이 마을이 있다는 것을 듣고 있었다. 이윽고 강물이 들을 한 바퀴 돌아 나갈 형국이다. 몇 채의 집들이 들 가운데 형체를 흐릿하게 드러냈다. 이곳이 틀림없는 물돌이 마을이다. 그녀는 줄을 사리어 손에 받쳐 들고 기회만을 노리고 있었다. 다행히 배가 굽이진 산 밑으로 기울어 들었다. 그런데 산기슭이 온통 물에 깎이어 줄을 던져 끼울 나무가 없었다. 그녀는 다시 가슴이 써늘했다. 힘이 빠져 손에 쥐고 있던 매듭이 허리춤 밑으로 축 처져 내렸다. 그것도 잠시였다. 그곳을 벗어나자 생각지도 않게 강가 제방에 수양버들이 늘어 서 있었다. 그녀가 노리고 있는 것이, 바로 이런 것이다. 물이 수양버들 쪽으로 쏠리고 있었다. 인아는 먹이를 엿보는 짐승처럼 버티고 서서 기회가 오기만을 노리고 있었다. 드디어 배가 나무들 곁을 지날 때이다. 줄의 매듭이 수양버들을 향해 날아들어 나뭇가지 사이에 끼었다. 그녀는 곡예를 하듯 줄을 당겨 배를 둑으로 들이댔다. 조심스럽게 뱃전을 딛고 올라서 뭍으로 뛰어내렸다. 발이 땅에 닿는 순간, 온몸에 서렸던 설움이 북받쳐 눈물이 왈칵 쏟아졌다. 배 같은 것은 안중에도 없이, 물에서 빨리 벗어나고 싶은 생각밖에 없었다. 배를 팽개치고 산을 향해 내달렸다.

산속은 어둠이 짙어 사물의 분간이 가지 않았다. 거무튀튀한 바위들이 웅크리고 있는 산짐승처럼 보였다. 발목에 칡덩굴이 걸리면서 잠자던 꿩들이 푸드덕 어둠 속으로 날아올랐다. 하지만 인아에게는 서늘해질 간담이 없었다. 물에서 벌써 죽음의 고비를 몇 번 넘긴 터이다. 그녀는 산속을 헤매다 가까스로 능선을 넘어 반대편 산자락에 이르렀다. 이제 다리가 허든거려 더 걸을 수가 없었다. 아무 데나 풀을 발로 쓰러뜨리고 주저앉았다. 한숨도 돌리기 바쁘게 12시 통행금지를 알리는 사이렌 소리가 요란하게 울렸다. 세상이 깊은 정적으로 빠져들었다.

그녀는 세워진 무릎에 두 팔을 포개고 머리를 얹어 눈을 감고 있었다. 그제야 버려두고 온 배가 마음에 켕기기 시작했다. 매듭이 빠져나가 배가 떠내려가기라도 한다면 어떻게 되는 것일까? 인아와 함께 배가 사라졌다는 소문이 날이 밝기 무섭게 온 마을에 떠돌게 되겠지. 나루지기 황 털보는 만사를 제치고 강물을 따라 배를 찾으려 나설 거야. 엄마의 입장이 얼마나 난처해질까. 그녀는 생각만 해도 온몸에 소름이 끼쳤다.

나룻배는 황 털보의 유일한 재산이다. 그는 서른 살 초반에, 아버지로부터 배를 넘겨받아 20여 년이 되도록 뱃삯을 팔아 살아왔다. 그의 성난 얼굴이 눈앞에 가득했다. 햇볕에 그을린 구릿빛 피부, 눈두덩에 매달린 시커먼 눈썹, 귀밑까지 기어오른 험상궂은 수염은 성난 사자의 형상이다. 아니 그가 어둠 속에 걸어오고 있다. 인아는 고개를 들고 눈을 번쩍 떴다. 눈앞에 아무것도 보이지 않았다. 허상이다. 그리고 나서 어쩌다 잠이 들어 눈이 뜨일 때는, 동쪽 하늘이 뿌옇게 트이고 있었다. 그녀는 자기의 몸뚱이가 산 밑에 횅댕그렁하게 버려져 있는 것을 알고, 몸을 추스르며 넌더리를 쳤다. 들판은 아직 어둠이 걷히기 전이다. 들판 건너 저쪽에서 자동차 구르는 소리가 들렸다. 그제야 인아는 저곳이 차들이 다니는 국도라는 것을 알았다.

4. 무턱대고 오른 버스

인아는 어둠 속에 들판을 가로질러 도로에 올라섰다. 손님을 일깨우는 자동차의 요란한 경적이 멀리서 울렸다. 그리고 곧 전조등을 켠 자동차가 어둠을 헤치며 굴러오고 있었다. 틀림없는 시외버스이다. 그녀는 도로를 가로막아 서서 두 손을 번쩍 들었다. 버스 기사가 깜짝 놀라 급브레이크를 밟았다. '찍~' 하고 타이어 긁히는 소리가 새벽 공기를 찢었다. 기사는 문을 열면서 인아를 뚫어지게 바라보았다. 기사는 한바탕 쏘아붙일 기세였지만, 그녀를 보는 순간 무슨 사연이 있을 것 같은 느낌이 들어 그대로 삭이고 말았다.

그녀는 정신이 없어 요금 내는 것조차 잊어버리고 있다가, 기사가 백미러를 통해 자기를 살피고 있다는 것을 알아차린 후에야, 요금을 치렀다. 그녀는 아호리가 먼 옛날에 살던 마을같이 생각되었다. 엄마는 밤늦게 집으로 돌아와 딸이 집 나간 것을 알게 되겠지. 한밤에 온 마을을 찾아다녔을 거야. 아침이 되면 마을에는 인아가 밤새 사라졌다는 소문이 파다하게 떠돌겠지. 자기 엄마가 받을 충격 같은 것은 생각하지 않고, 자기가 분수없이 마을을 떠났다고 수군거릴 거야. 오만 생각이 그녀의 머릿속에 떠돌았다. 버스가 이웃 소도시에 도착할 때야, 그녀는 자기가 탄 버스가 탄광촌으로 간다는 것을 알았다. 아직 엄마와 멀리 떨어져 있고 싶은 생각이 없어 버스에서 내렸다. 몸이 지친 상태다. 아무 데나 몸을 붙이고 있을 생각으로, 시가지 몇 군데를 돌아다니며 목멘 소리를 했다. 돌아오는 대답은 생각보다 비정했다. 늦도록 도시 변두리까지 돌아다녔지만, 소용이 없었다. 속이 비어 다리가 후들거렸다. 철로가에 있는 골목으로 들어섰다. 포장마차처럼 보이는 허술한 음식점들이 몇 집 늘어앉았다. 집들은 비바람을 막기 위해 지붕을 너저분한 판지로 덧씌웠고, 밥이 익는 냄새와 국수 삶는 냄새가 바깥 길거리까지 풍겨 나왔다. 그녀는 그 안으로 들어서려다 되돌아 나왔다. 가진 돈이 넉넉지 않은 것도 그렇지만, 설거지통에 담긴 개숫물이 너무 지저분해 보였다. 하는 수 없이 길거리에서 파는 군고구마 몇 개를 사 들고, 기차역으로 들어갔다. 기차가 떠난 후여서 대합실은 텅 비어 있었다. 그녀는 주위를 살피며 벽에 기대인 통나무 의자에 걸터앉아, 봉지에 든 고구마를 꺼내 먹었다. 갑자기 피로와 식곤증이 한꺼번에 몰려와 졸다가 깨어나기를 되풀이했다. 그러다 끝내는 깊은 잠에 빠져들어 눈이 뜨일 때는 새벽이 열리고 있었다.

그녀는 창가에 서서 여명이 트이고 있는 것을 바라보고 있다가, 저 멀리 유난히 우뚝 솟은 굴뚝에서, 시커먼 연기가 빽빽이 피어오르는 것이 보였다. 저곳이 비단을 짜는 공장일 거라는 생각이 선뜻 들었다. 중학교 다닐 때 반 친구로부터, 자기 언니가 이곳 비단을 짜는 공장에 다니고 있다는 말을 듣고 있었기 때문이다.

그녀는 기차 대합실을 빠져나와 우뚝 솟은 굴뚝을 향해 걸어갔다. 그녀의 판단은 정확했고, 그녀는 바로 공장 안으로 들어갔다. 관리인이 마치 그녀를 기다리고 있었다는 듯이 그녀를 반갑게 맞이했다. 그녀는 고등학교 출신에 미모까지 갖추었으니, 공장으로서는 굴러들어 온 호박이다. 그녀는 곧 그곳에서 일하게 되었고, 해야 할 일은 50여 명 가까운 여공들의 후생을 담당하는 일이다.

직공들의 대부분이 초등학교 문턱을 가 보지 못한 사람들이다. 공장 생활은 그리 만만치 않았다. 직공들은 게으름, 거짓말, 욕설 등으로 서로 다투느라 조용한 날이 없었다. 그거야 그렇다 치더라도, 날이 갈수록 관리인이라고 하는 작자가 틈만 나면 인아에게 다가와 농담을 던지며 치근거렸다. 인아는 당장 집으로 돌아가고 싶은 생각이 간절했지만, 배를 그 모양으로 버려두고 온 터여서 그럴 수가 없었다. 어쩌면 성준이 방학이 끝나 서울로 올라갔을지도 모르는 일이다. 서울로 가야겠다는 생각이 갑자기 그녀를 부추겼다. 마침 급료를 지급하는 날이 어제여서, 보름치의 돈을 받아 든 터이다.

5. 서울로 가는 기차

밤늦게 인아는 몰래 공장을 빠져나왔다. 기차역은 차를 타려는 사람들로
붐볐다. 오래 기다리지 않아 개찰이 시작되었다. 플랫폼으로 나가 잠시
숨을 돌리려는데, 멀리서 기적을 울리는 소리가 지축을 흔들었다. 갑자기
신호수의 호각 소리가 요란했다. 기차가 들어와 멈추기도 전에, 사람들은
먼저 오르려고 소란을 피웠다. 그녀 역시 발 빠르게 기차에 올랐다. 농사
철이어서 객실은 생각보다 그렇게 붐비지 않았다. 인아는 방금 내린 손님
의 빈자리에 가 앉았다. 그리고 곧 자기가 탄 기차가, 오래전 영주댁이 자
기 오빠와 함께 타고 서울로 가던 기차라는 생각을 하게 되었다. 그녀가
엄마와 나누던 이야기를 듣고 있었기 때문이다.

영주댁은 팔자가 사나운 여자이다. 선비 집안에서 귀하게 자라 스물한 살
이 되던 해, 아버지의 뜻에 따라 자기 집에서 혼례를 치렀다. 남자 역시 지
체 높은 선비 집안의 둘째 아들이었고, 그 당시 동경 유학하는 중이었다.
어느 날 갑자기 그는 아버지로부터 집에 다녀가라는 전보를 받고, 영문
도 모르고 급히 집으로 돌아왔다. 그런데 갑자기 결혼을 치르고 돌아가라
는 아버지의 불호령이 내려졌다. 남자는 눈앞이 캄캄했다. 그는 가족 몰
래 일본에 사귀는 여자가 있었다. 바로 자기가 기숙하고 있는 주인집 딸이
다. 이 사실을 그의 아버지가 알기라도 한다면, 학비는 물론 일본에 들어

가지 못하게 할 것은, 불을 보듯 뻔했다. 남자는 며칠을 두고 고민하고 있다가, 울며 겨자 먹기로 영주댁과 결혼식을 올렸다. 그리고 일본으로 건너간 것이 마지막이었다.

그로부터 영주댁은 세월을 헛되이 보내며 그런 남편을 기다리고 있었다. 해방을 맞아 일본 갔던 사람들이 돌아왔지만, 남편은 몇 년이 지나도 돌아오지 않았다. 오빠는 남편의 이런 사실을 알기라도 하고 있었듯, 어느 날 느닷없이 서울에서 내려와 동생을 데리고 오른 기차가 이 차이다. 그들이 서울에 내렸을 때는 대기실에서 그들을 기다리는 한 남자가 있었다. 오빠와 함께 일간지 기자로 근무하고 있는 동료이다. 이렇게 해서 만나 살게 된 것이, 두 번째 남자이다. 그리고 몇 년 뒤 난리가 일어났다. 남자는 지식인이라는 이유로 북쪽으로 끌려가고, 영주댁은 살길이 막연하여 아이를 업고 남자의 고향인 아호리로 내려왔다.

기차는 산간을 지나면서 몸체를 흔들기 시작했다. 주력이 딸려 높은 터널을 들어서지 못해, 앞으로 기어올랐다 뒤로 물러나기를 되풀이했다. 애꿏은 기적을 연거푸 울리다 힘겹게 터널로 들어섰다. 화통에서 뿜어내는 메케한 연기와 터널 안에서 풍기는 곰팡냄새가 코를 찔렀다. 터널을 빠져나온 사람들은 몰골이 말이 아니었다. 연기에 그을려 얼굴과 옷이 후줄근했다. 하지만 인아는 그런 것 따위는 신경 쓸 겨를이 없었다. 서울에서 어떻게 살아갈 것인가 하는 생각에 마음이 불안했다. 기차는 세월없이 굼틀거리며 달렸다. 청량리역에 내릴 때는 날이 밝고 있었다.

그녀는 기차에서 내려 광장으로 나왔지만, 어디로 가야 할지 망설였다. 어리둥절하여 잠시 주위를 둘러보다 우두커니 서 있었다. 오가는 사람들의 움직임이 저마다 바빴다. 식당이나 사창가에서 나와 손님을 호리려는 여리꾼들, 손님들의 짐을 먼저 따 안으려는 수레꾼들, '구두 닦아' 하고 소리치는 아이들 등등, 저마다 손님을 후리려고 야단이었다. 그녀는 머리를 휘두르며 잽싸게 도로를 건너가 무턱대고 버스에 올랐다. 버스는 이미 콩나물시루였다. 사람들은 밀고 밀리며 제대로 움직이지 못했다. 버스가 시가지를 지나고 있었지만, 인아는 당장 그곳에 내려 발붙이고 들어설 용기가 없었다. 머뭇거리고 있다가 버스가 벌써 한강을 지나고 있었다. 인아는 문득 피난 때 광경이 떠올랐다. 눈이 시리도록 생생했다. 엄마와 동생 민우와 함께 얼어붙은 강을 건너려고, 사시나무 떨듯 했었다.

인아가 피난 가던 생각에 한창 젖어 있을 때, 타고 있던 안내양이 갑자기 "영등포역 내리서." 하고 코맹맹이 소리를 쳤다. 인아는 자기도 모르게 벌떡 일어나 버스에서 내렸다. 기차 역사로 들어서니, 피난 가려고 기차가 떠나기를 기다리며 발을 구르던 그런 사람들이 아니다. 뭔가 여유 있고 활기에 넘쳐 보였다. 그 당시에는 역 안팎이 기차를 얻어 타려는 사람들로 북새통을 이루었다. 잃어버린 아이를 찾으려고 아우성을 치는 사람들, 엄마를 잃은 아이들의 울음소리, 가족과 헤어지기 두려워 눈물짓는 사람들 등등, 전쟁터나 다름이 없었다. 기차는 떠날 준비라도 된 것처럼, 쉴 사이 없이 연기를 뿜어 올렸다. 광장에 냄비를 걸고 먹을 것을 끓이다, 기차에서 기적이 울리면 이제 기차가 떠나려나 보다 하고, 발을 동동 굴리기도 했었다.

인아는 그때 생각에 몸서리치며 광장으로 나왔지만 갈 곳이 없었다. 가까이 있는 길 건너 식당으로 들어갔다. 주인 여자는 벌써 인아의 행동거지를 보고 무슨 낌새를 알아차린 듯, 주전자에 든 물을 들고 와 따르면서 말을

걸었다. 몇 마디 대화가 오가지 않아 서로는 속내를 털어놓았고, 이해관계
가 맞아떨어졌다. 인아는 자리가 잡힐 때까지 그곳에 머무르며 식당 일을
도와주기로 했다. 하지만 식당 일은 생각보다 만만치 않았다. 짓궂은 손
님들의 말벗까지 되어야 한다는 생각은 하지 못했다. 그녀는 일자리를 알
아보려고 틈나는 대로 시내를 드나들었다. 마음대로 되는 것은 아무것도
없었다. 하다못해 가정집 식모라도 하려고 남의 집 대문을 두드리기도 했
다. 모두가 난리를 겪으면서 살림이 빠듯하거나, 뜨내기 신분을 믿지 않아
그것마저 거절당했다.

6. 귀부인과의 인연

하루는 운이 좋았다. 성곽 밑 동네를 돌아다니다 유난히 돋보이는 집 한 채가 눈에 띄었다. 밑져야 본전이라는 생각으로 인아는 그 집 대문을 두드렸다. 믿기지도 않았던 현관문이 열리면서 부인이 밖으로 나왔다. 대문을 사이에 두고 몇 마디 건너다가, 생각지도 않게 부인이 대문을 열며, 안으로 들어가 이야기하자고 했다. 사실인즉 그 집에서는 아이의 가정교사를 구하려고 알아보는 중이었다. 집으로 들어서자 벽에 걸린 사진이 이들 가족 상황을 설명하고 있었다. 부인과 남편이 남자아이를 가운데 앞세우고 나란히 서 있었다.

부인은 인아가 솔직히 털어놓는 이야기를 듣고, 그녀의 손을 잡아 주지 않으면 두고두고 후회할 것만 같았다. 부인은 당장 남편에게 전화를 걸어, 아이를 지도하는 조건으로 인아를 받아들이었고, 함께 생활하기로 했다. 아이의 이름은 이현석, 그는 초등학교 1학년이다. 부인은 당장 인아에게 강 선생이라고 불렀다. 그런 호칭이 인아에게는 부담스러웠지만, 아이의 교육을 위해 그렇게 부르겠다는 데는 할 말이 없었다. 그녀가 거처할 방이 현석의 방과 나란히 있었다. 창문 쪽에 책상이 놓였고, 잇대어 침대가 오른쪽 벽에 기대어 있었다. 어쩌면 전에 가정교사가 있었거나, 아니면 가정교사를 두기 위해 마련해 놓은 방 같기도 했다. 인아는 이런 행운이 어떻게 자기에게 오게 되었는지, 분수에 넘친다는 생각에 불안한 마음이 일기도 했다.

저녁 무렵 남편이 돌아왔다. 훤칠한 몸매에 굵직한 안경테가 코에 걸려 남자답게 보였다. 그는 부인으로부터 전화를 받았다며 인사치레로 몇 마디 한 후, 자기 방으로 들어갔다. 그는 이름 있는 모 대학교 교수이다.

그로부터 인아는 아이를 지도하고 나면, 부인이 하는 일을 스스로 나서 거들었다. 밥상을 차리고 설거지를 하는 것도, 빨래하여 줄에 내다 거는 것도, 창문을 열고 청소하는 것도, 부인과 함께했다. 그러지 말라고 부인이 극구 말렸지만, 인아는 그렇게 할 때만이 다른 감정이 끼어들지 않아 오히려 마음이 편했다. 일이 끝나고 나면, 그들은 거실에 앉아 차를 마시며 서로가 허물없이 이야기를 나누곤 했다. 이러한 연유로 인아와 부인 사이는 하루가 다르게 가까워지고 있었다. 부인은 부잣집 고명딸로 성품이 조용한 데다가 남편이 이북 사람이어서, 마음을 털어놓고 얘기할 곳이 별로 많지 않았다.

인아가 이 집에 들고 며칠 되지 않을 때이다. 부인은 바람도 쐴 겸 동대문시장이나 한 바퀴 둘러보고 오자며, 인아를 서둘러 일으켰다. 인아는 그녀의 속도 모르고 따라나섰다. 시장은 각지에서 모여든 사람들로 북새통을 이뤘다. 골목이 비좁아 서로의 어깨가 부딪치기도 하고, 뒷사람에게 떠밀려 앞사람과 몸이 겹치기도 했다. 인아는 가끔 엄마 또래의 여자와 지나치고 나면, 그녀의 모습이 어찌나 자기 엄마와 비슷한지 다시 한번 뒤돌아보곤 했다. 한 옷 가게 앞을 지나고 있을 때이다. 부인은 인아의 손을 잡고 가게 안으로 끌어들였다. 부인은 진열된 옷들을 둘러보면서 인아에게 마음에 드는 옷이 있으면 골라 보라고 했다. 인아는 손사래를 치면서 한 발짝 물러나 있었지만, 부인의 고집은 꺾을 수는 없었다. 부인은 두 사람의 몸 치수가 비슷하다는 것을 알고, 원피스와 재킷 등 몇 벌을 골라 입어 보고 값을 치렀다. 아이를 생각하면 이까짓 옷이 뭐 그리 대단하냐며, 부인은 혼잣말처럼 중얼거렸다.

이런 일이 있고 며칠 되지 않아서이다. 인아는 부인의 성화에 못 이겨 성준이 다니는 학교를 찾아갔다. 이른 아침 등교하는 그의 모습을 보려고 교문 가까이에 있는 전봇대 뒤에 숨어 서서, 그가 나타나기를 기다리고 있었다. 한나절이 다 되어 가도록 그는 나타나지 않았다. 이튿날에도 전날과 같은 일을 되풀이했다. 역시 마찬가지였다. 기다리다 못해 그녀는 교무과에 들러 학적부를 들추어 보았다. 그제야 그가 2학기에 등록하지 않은 사실을 알았다. 어쩌면 그가 자기가 돌아오기를 기다리고 있는지도 모른다. 그녀는 며칠을 두고 고민하고 있다가 부인의 권유로 밤 기차에 올랐다. 어쩌면 경희는 그 내막을 알고 있을지도 모르는 일이다.

인아는 다른 친구에게 손을 넣어, 경희를 몰래 불러냈다. 그때야 성준은 자기를 기다리다 행방을 감추었다는 사실을 알았다. 그나마 버리고 온 배는 나무에 그대로 매달려 있어 나루지기가 되 끌고 가게 되었다. 엄마를 만나 보고 싶어도, 일이 이렇게 되어 마을에 들어설 수가 없었다. 경희와 만난 것은 비밀로 돌리기로 하고, 인아는 돌아서 버스에 올라 서울로 돌아왔다.

하루는 소파에 앉아 커피를 마시고 있는데, 부인의 표정이 밝지 않았다. 비가 올 듯 날씨가 찌뿌듯했다. 그녀는 무슨 이야기를 꺼내려다 손으로 가슴을 누르며 얼굴을 찌푸렸다. 심근에 가벼운 통증이 온 것이다.

"강 선생, 나는 말이에요, 날씨가 이럴 때면 가끔 지난 일들이 떠올라 가슴이 무지근해진답니다. 난리가 일어나던 해, 나는 저 아랫마을에 살고 있었어요. 결혼하기 전이지요. 3일도 안 되어 미아리 저쪽에서 갑자기 포성이 울리지 않겠어요? 사람들이 거리로 한꺼번에 쏟아져 나왔답니다. 거리는 한순간에 아수라장이 되고 말았지요. 그 전날까지만 해도 피난을 해야 한다는 생각은 누구도 하지 않았지요. 정부에서 입만 열면 막강한 국군이 삼팔선을 지키고 있다고 입버릇처럼 말했으니까요. 그런데 그게 아니었어요. 우리는 그나마 아버지가 이름 있는 회사의 사장이어서 자가용을 몰고 집을 나섰답니다. 그때만 해도 아버지의 명함만 내밀면 검문에 그냥 통과할 수 있었으니까요."

부인은 한 손으로 가슴을 누르며 말했다.

"그나마 다행이었군요."

인아는 말했다.

"사람들은 남쪽으로 가려고 한강 다리로 몰려들었답니다. 운이 좋으면 영등포역에서 기차를 얻어 탈 수도 있으니까요. 그런데 한강 다리가 폭파되었지 뭐예요. 그러니까 정확히 말해서 28일 새벽 3시 무렵이었어요, 우리 가족은 간신히 한강을 건넜답니다. 그런데 바로 뒤에서 세상을 발칵 뒤집는 폭음이 울리지 않았겠어요? 깜짝 놀라 뒤돌아보는 순간, 다리의 두 경간이 주황색 불빛과 함께 하늘로 치솟았어요. 그때 가슴이 덜컥 내려앉았답니다."

"저럴 수가!"

인아는 얼굴이 파랗게 질려 말했다.

"다리 위에서 법석을 피우던 사람들과 차들이 시커먼 물속으로 빠지지 뭐예요?"

"사모님은 천만다행이었군요."

"한발만 늦었어도 가족이 꼼짝없이 당하지 않았겠어요? 지금도 그 생각만 떠오르면 가슴이 무지근해진답니다. 가끔은 악몽을 꾸다가 가위에 눌려 비명을 지르기도 하지요. 그러다 꿈에서 헤어나면 멀건 눈으로 꿈속을 되새기며 허공을 바라보고 있답니다."

부인은 가슴을 쓸어내리며 잠시 고개를 돌려 창밖을 내다보고 있었다. 난리가 자기의 심장을 할퀴고 간 것이다. 그 순간 인아는 난리가 나던 날 아침을 떠올렸다.

아직 어둠이 걷히기 전이다. 밖에는 안개비가 내리고 있었다. 엄마, 아빠가 문 앞에 앉아 밖에서 일어나는 총포 소리에 귀를 기울이고 있었다. 느닷없이 울리는 그 소리는 마을 사람들의 새벽잠을 깨웠다. 가끔은 가까이 날아들어 선반에 있던 잡곡 바가지들이 우르르 떨어졌다. 화약 냄새가 방 안까지 배어들었다. 안개가 걷히고 시야가 트일 때는, 인민군 특공대가 벌써 강을 건너 앞산에서 인공기를 흔들고 있었다.

인아와 부인은 이런 이야기를 주고받으며 서로를 위로하고 있었다. 인아가 이 집에 들고 한 달이 될 무렵이다. 부인이 두둑한 봉투 하나를 손에 들고 거실로 나왔다. 그녀는 이거 얼마 되지 않는다며 인아에게 봉투를 내밀었다. 인아는 보수 같은 것은 바라지 않고 있었다. 그녀는 정중히 사양했다. 여기 오래 머무르리라는 생각은 하지 않고 있기 때문이다. 두 사람 사이에 받아야 한다느니, 받지 않겠다느니 하고 실랑이가 벌어졌다. 그러다 인아는 지나친 겸손이 부인의 마음을 상하게 할지도 모른다는 생각에, 마지못해 봉투를 받아 들고 방으로 들어갔다. 분수에 넘치는 돈이 봉투에 들어 있었다. 그녀는 절반의 돈을 꺼내 들고 거실로 다시 나와, 앞으로 돈이 필요하면 언제든지 말하겠다며 그것을 부인에게 돌려주었다. 부인은 어쩔 수 없이 받아 들며, 이것은 강 선생의 몫으로 챙겨 두겠다고 했다.

이런 일이 있고 1주일이 채 지나지 않아서이다. 거실에 앉아 차를 마시며 부인이 말했다.

"강 선생, 말이에요, 대학에 진학할 생각은 없으세요?"

"대학이라니요?"

인아는 귀가 솔깃했다.

"현석이 아빠가 한번 물어보라고 하더군요."

"제 주제에 무슨 대학이라니요?"

인아는 말했다.

"아마, 야간부를 두고 하는 말일 거예요."

부인은 말했다.

"야간이든 주간이든 그게 무슨 상관이 있겠어요?"

인아는 학교만은 거절하고 싶지 않았다.

"그렇다면 알겠어요."

부인은 말했다.

인아는 고등학교를 졸업할 무렵, 자기보다 성적이 뒤진 학생들이 대학에 가는 것을 보고, 얼마나 부러워했는지 모른다. 그런데 갑자기 그 꿈이 이루어지다니, 어안이 벙벙했다. 그날 밤 당장 이 사실을 엄마에게 알리고 싶어 편지지를 꺼내 들었다.

엄마, 일찍 편지 드리지 못해 죄송해요. 그날 밤 당장 무슨 일이 일어날 것만 같아 다급한 마음에 집을 뛰쳐나왔어요. 제가 잠시 자리를 피하면, 그들의 뉘우침과 함께 감정이 좀 가라앉지 않을까 하는 생각이 들었어요. 집을 뛰쳐나오는 것이 엄마에게 얼마나 큰 상처가 되리라는 것은 얼마 뒤에 깨달았어요. 그러니 어쩌겠어요. 집으로 곧 돌아갈 생각이었으나, 뜻하지 않은 일이 일어나 이러지도 저러지도 못하게 되었답니다. 불행 중 다행으로 우연히 귀부인을 만나게 되어, 어쩌면 대학 진학을 하게 될 것 같아요. 엄마의 딸 인아는 어떤 일이 있어도, 엄마를 실망하게 하지는 않을 거예요. 믿어 주세요.

-서울에서, 딸 인아 드림-

7. 생각지도 못했던 배 안에 든 아이

인아는 하루하루의 생활에 보람을 느끼고 있었다. 그런데 날이 갈수록 몸이 나른하고 속이 개운치 않았다. 부인이 무슨 낌새가 보이는 듯, 보는 눈이 곱지 않았다. 하루는 부인이 인아에게 병원에 한번 가보는 것이 어떠냐고, 권하다시피 말했다. 인아는 부인의 말을 그렇게 대수로이 여기지 않았다. 그런데 며칠 후 부인이 또 그런 말을 했다. 인아는 그녀의 권유를 뿌리치지 못해, 가까이 있는 동네 병원을 찾아갔다. 병원이라야 나이 지긋한 의사 한 명과 보조원 한 명이 전부다. 의사는 인아의 말을 듣기 바쁘게 청진기를 그녀의 몸에 들이댔다. 청진기의 머리 부분이 가슴에서 배로, 다시 아랫배로 내려갔다. 의사는 고개를 갸웃거렸다. 사귀는 남자가 없느냐고 그녀에게 물었다. 그 순간 인아의 가슴이 덜컥 내려앉았다. 얼결에 없다고 대답은 했으나, 그날 밤에 있었던 일이 마음에 걸렸다. 의사는 아이를 가진 증상과 비슷해서 물어본 거라며, 약을 좀 줄 테니 먹은 후 효력이 없으면 다시 오라고 했다.

병원을 나서는 인아의 모습은 초라했다. 성준이 자기 아버지와 다툼이 있었다던 그 며칠 전이다. 그는 무슨 고민이라도 있듯 어두운 밤에 찾아와 자기를 데리고 강가로 나갔다. 하늘에 별들이 초롱초롱 빛나고 있었지만, 강물 소리와 함께 주위는 스산했다. 그는 무엇에 쫓기듯 불안한 표정을 감추지 못했다. 잔디 위에 앉아 서로는 잠시 말이 없었다. 숨소리까지 감지하고 있었다. 그러다 갑자기 그는 고민이 있다며 자기의 손을 잡았다. 서로의 피부가 맞닿은 것은 처음 있는 일이다. 그는 자기의 몸을 끌어들였다. 잠시 실랑이가 오가다가, 자기도 모르게 갑자기 온몸의 피가 어느 한쪽으로 몰리면서 자제력을 잃고 말았다.

그녀는 이제 대학에 진학하려던 꿈도, 공무원이 되려던 꿈도, 엄마를 만나러 가려던 꿈도 모두가 허사가 되고 말았다. 당장 대문을 열고 그 집에 들어설 낯이 없었다. 그리고 빌붙어 살 체면도 없었다. 담 밖을 서성거리다 풀죽은 모습으로 대문을 열고 들어섰다. 정원수를 손질하고 있던 부인이 그녀를 기다리고 있었듯, 병원에서 뭐라고 하더냐고 대뜸 물었다. 인아는 별 이상이 없다더라고 대답하고, 얼른 방으로 들어가 옷을 갈아입고 거실로 나오자, 부인이 하던 손을 멈추고 뒤따라 들어와 기다렸다.
"강 선생, 요즘 생활이 힘들지요?"
"그렇지 않아요, 사모님."
"무리하게 움직이지 마세요."
부인은 말했다.
"괜찮을 거예요."
인아는 말했다.

인아가 이 집에 든 지 오래되지는 않아도, 그 사이 그들은 한가한 시간을 함께 보내면서, 무척 가까이 지내고 있었다. 서로의 표정만 보아도 어떤 이야기를 하려고 저러는지 대충 짐작이 가고도 남았다. 그녀의 시선이 창문 밖을 떠돌고 있었다. 지난 이야기를 꺼낼 때 흔히 짓던 표정이다. 잠시 후 아니나 다를까.

"강 선생, 내가 말이에요, 고등학교를 졸업하고 프랑스 유학 가려고, 모 대학 불문과 학생에게 지도를 받고 있었답니다. 그런데 어느새 그 학생에게 마음이 홀리고 있었지 뭡니까. 꽤 매력 있는 남자로 보였던가 봐요. 그가 올 시간이 되면 괜히 마음이 설레어 매무새부터 살피곤 했지요. 공부 시간이 왜 그렇게 빨리 지나가는지 모르겠어요. 그때 처음으로 사랑이 이런 것이로구나 하는 생각을 했답니다. 그런데 갑자기 난리가 일어났지 뭡니까?"

"그럼, 그분이 이 교수님이신가요?"

"그렇답니다."

"사모님은 정말 복이 많으신 분이군요. 첫사랑과 결혼하기가 그리 쉽지 않다던데."

인아는 시샘하듯 부인을 바라보며 말했다.

"부산으로 피난 갔다가 이듬해 돌아왔어요. 주위의 집들은 대부분이 폭격을 당해 부서진 건물의 뼈대만이 앙상하게 늘어서 있더군요. 그런데 다행히 우리 집은 그대로 있었어요. 집 주위에 노송들이 둘러 있어 무슨 문화재처럼 보였던가 봐요."

"다행한 일이었군요."

인아는 말했다.

"그렇답니다. 그런데 그 난리에 그이가 자꾸만 떠오르지 뭐예요. 그런데 그가 어디에 살고 있었는지도 모르고 있었어요. 그러던 어느 날, 아버지의 친구로부터 그가 프랑스 대대의 통역관으로 근무하고 있다는 사실을 알게 되었어요. 당장 아버지의 명함을 꺼내 들고 그의 부대가 있는 전선으로 찾아갔지 뭐예요."

"사모님은 대단하신 분이셨군요."

"그때는 눈앞에 아무것도 보이는 것이 없었어요. 강 선생은 잘 알고 있잖아요?"

"그래서 어떻게 되셨나요?"

"그의 부대가 한 무명의 능선을 두고 치열한 전투를 벌이는 중이었답니다. 그러니 어쩌겠어요. 어떤 군인에게 메모지 한 장을 건네주면서, 혹 그와 연락이 닿으면 좀 전해 달라고 부탁하고 돌아왔지요."

부인은 무용담을 들려주듯 말하고 있었다. 인아는 부인이 왜 이런 이야기를 느닷없이 늘어놓고 있는지 알고 있었다. 병원에서 있었던 일이 궁금해, 솔직히 말할 분위기를 만들려는 것이다. 부인의 이야기가 끝나고 시선이 밖으로 떠돌고 있을 때이다.

"사모님, 저 말이에요, 말하기 민망한 것이 있어요."

"그게 뭐예요? 우리 사이에 민망할 게 뭐가 있어요. 혹시 몸이 달라서 그런 게 아니에요? 병원에서 그러던가요?"

부인은 한 수 앞서 말했다.

"의사가 그런 것 같다고 했어요."

"그럼, 강 선생은 그 사실을 모르고 있었나요?"

"전혀 뜻밖이었어요. 집을 떠나기 얼마 전, 궁지에 몰린 그를 따라 강가로 나간 것이 화근이었어요."

"너무 걱정하지 말아요. 나는 강 선생이 얼마나 힘들고 어려운 처지에 놓여 있는지 알고 있어요."

부인은 인아의 두 손을 살포시 잡으며 말했다.

인아의 눈가에 눈물이 돌았다. 부인은 산책이나 하러 나가자며 서둘러 인아를 일으켜 세웠다. 그들은 집을 나서 성곽으로 오르는 집골목 비탈길을 올라 등마루에 이르렀다. 자기들이 사는 골짜기 마을이 한눈에 들어왔다. 실개천을 가운데 두고 집들이 양쪽 산기슭에 늘어앉았다. 부인은 저 아랫마을에 있는 유달리 커 보이는 집을 가리키며, 저 집이 자기가 자라던 친정댁이라고 했다. 그리고 곧 시선을 윗마을로 옮겼다. 다시 손을 들어 저 건너 언덕 위를 가리키며, 덩그렇게 드러난 기와집이 유명한 승려가 거처하던 곳이라고 말했다.

그가 한때 산중에 있는 절에 들어가 수행하고 있을 때, 새파랗게 젊은 미모의 한 여인이 남편을 잃고 그의 영혼을 달래기 위해 절에 왔다가, 한순간 저 스님과 눈이 마주쳐 사랑에 빠져들었다는 것을 부인은 일삼아 이야기했다.

"스님도 그렇게 되는 건가요?"

인아는 말했다.

"사랑에 무슨 경계가 있겠어요? 저 건너 숲속에 엇비슷한 몇 채의 집들이 있지요? 저 집들도 비련이 남긴 유산이랍니다. 한때 서울에서 알려진 요정이었지요. 주인은 한때 장안에서 유명한 기생이었답니다. 어느 날 술시중을 들다가, 한 손님에게 마음을 빼앗겨 밤이면 그가 나타나기를 기다렸답니다. 그런데 어느 날 갑자기 남자가 고향인 이북으로 가게 되었다지 뭡니까? 그로부터 그녀는 기적에서 빠져나와, 저곳에 술집을 차려 놓고 그가 돌아오기만을 기다렸다지요. 그런데 생각지도 않던 38선이 길을 가로막았답니다."

"가련한 여자이군요."

인아는 말했다.

"인생이 이런 것이 아니겠어요?"

부인은 인아의 마음을 달래기 위해 일삼아 이야기했다.

늦가을 어느 하루는 부인의 가족이 결혼식에 간다며 부산으로 내려가고 없었다. 인아는 혼자 집을 지켜보기는 처음이다. 저녁을 먹고 뜰로 나오자 달빛이 내려 대낮 같았다. 엄마는 지금 딸이 대학에 다니기를 바라고 있겠지. 인아는 눈시울이 시큰했다.

피난을 오던 해이다. 엄마는 마을에 팔려고 내놓은 집이 있는 것을 알고, 봇짐 속에 갈무리해 온 돈으로 그 집을 사들이게 되었다. 고향 마을이 없어지고 피난 생활이 그리 쉽게 끝나지 않으리라는 것을 알고 있었기 때문이다. 집이 조금 외따로이 돌아나 있기는 해도, 언덕 위에 자리하여 시골에서는 돋보이는 집이다.

인아는 이 생각 저 생각이 한꺼번에 떠오르면서 가슴이 미어질 것만 같았다. 어쩌다 갑자기 나락으로 추락한 기분이다. 벌떡 일어나 부인과 올랐던 성곽길로 들어섰다. 달빛에 앙상하게 드러난 집들이 삭은 벌집 같았다. 골목을 빠져 올라 등마루에 이르렀다. 성준이 다니던 학교가 저 멀리 산기슭에서 형체를 희미하게 드러내고 있었다. 그는 지금 어디서 무엇을 하고 있을까? 배 속에 든 아이가 야속하기만 했다. 사방이 적막했다. 인아는 되돌아서려다 저 밑 성곽길을 따라 오르고 있는 한 남자가 보였다. 걸음걸이가 성준과 비슷했다. 성준인지도 모르는 일이다. 신경이 곤두서 그의 손발 하나하나의 움직임을 유심히 보고 있었다. 그런데 난데없이 한 여자가 나타나 그의 팔을 끼고 옆 골목으로 접어들었다. 인아는 마음이 허탈하여 그 자리에 털썩 주저앉았다. 그러다 집을 비워 두고 온 생각이 문득 떠올라 휑하니 집으로 돌아왔다.

그리고 겨울이 지나간 후이다. 인아는 부인의 권유에 힘입어 대학 야간부에 들어갔다. 배 속에 든 아이 때문에 고민이었지만, 이번 기회를 놓치면 다시는 자기에게 기회가 오지 않으리라는 것을 잘 알고 있었다. 만삭이 되어 학교에 드나들기 난처하게 되면, 결강하거나 휴학계를 낼 수도 있는 것이다.

이로부터 인아는 매일매일 눈코 뜰 사이 없이 바빴다. 오전에 부인과 함께 집 안의 허드렛일을 하고 나면, 오후에는 현석이 학교에서 돌아오기 바쁘게 그를 지도해야 했다. 그러다 오후 늦게 집을 나서 학교 강의를 듣고 밤 늦게 집으로 돌아오게 된다. 하지만 그녀는 이런 일상에 가슴 뿌듯이 보람을 느끼고 있었다.

그러던 어느 날 새벽 공부를 하려고 책을 펴 드는 순간, 거실에 있는 전화에서 요란한 벨이 울렸다. 그녀는 벌떡 일어나 밖으로 나와 수화기를 받아 들었다.

"나, 양 교수입니다. 군사 쿠데타가 일어났어요. 이 교수에게 전하세요."

그 한마디로 전화가 뚝 끊겼다. 시계가 5시를 넘어섰다.

"사모님."

인아는 떨리는 손으로 방문을 두드리며 말했다.

"왜 그러세요?"

부인은 잠에서 깨어 있었다.

"군사 쿠데타가 일어났다고 양 교수님이 전화하셨어요."

"저런!"

이 교수의 목소리다.

거실에 불을 켜고 모두가 라디오에 귀를 기울였다. 군인들이 제2공화국을 무너뜨리고 정권을 잡아챘다. 이른 새벽에 멀리서 총포 소리가 간간이 울리고, 조금 후 하늘에 비행기가 시내 상공을 배회했다. 아침이 되어 거리를 오가는 사람들은 있어도, 모두가 겁에 질려 입조차 열지 못했다. 날이 갈수록 규제가 심해지면서 지식인들의 불평이 일기 시작했다. 이 나라를 떠나야겠다는 사람들이 늘어나고 있었다. 이 교수도 그들 중의 한 사람이다. 어느 날부터 그는 뉴스를 들으면서 안경테를 손으로 만지작거렸다. 이런 때 인아는 '수이'라고 이름 지은 딸을 낳았고, 이 이름은 부인이 생각해 두었던 그대로이다. 아이에 대한 부인의 정성은 남달랐다.

한 해가 가고 이듬해 봄이다. 이 교수 앞으로 등기 우편물 한 통이 배달되었다. 스트라스부르 모 대학에서 토목공학을 강의하고 있는 '알랭'이라는 친구로부터 보내온 편지다. 그는 한국전쟁 때 프랑스군 파병대대에 지원하여 공훈을 크게 세운 유능한 장교였다. 이 교수가 그 부대의 통역장교로 복무하면서 그와는 아주 가까운 사이다. 편지가 오고 그 며칠 후였다. 부인은 스트라스부르 대학에 교수 자리가 나는데, 이 교수의 의향을 물어온 편지라고 인아에게 말했다. 그 순간 인아의 가슴은 철렁 내려앉았다. 이 교수가 그런 자리를 거절할 리 없다. 어쩌면 먼저 부탁했을지도 모르는 일이다.

그 후 이 교수와 알랭 사이에는 서신이 몇 번 더 오갔다. 모든 것은 그들의 뜻대로 되고 있었다. 인아는 그들이 떠나고 나면 학교야 그만둔다고 하더라도 딸 수이를 데리고 갈 곳이 없었다. 부인 역시 인아의 처지를 두고 나름대로 고민하고 있지만 별다른 대책이 서지 않았다. 여권을 신청하기 얼마 전이다. 부인은 거실에 앉아 인아에게 말했다.

"강 선생 말이에요, 우리가 떠나고 나면 어떻게 하겠다는 대책을 생각해 봤나요?"

"무슨 대책이 있겠어요? 부딪히면 살게 되겠지요. 지금 같아서는 수이를 보육원에 보내면 어떨까 하는 생각이 있어요."

인아의 입술이 떨리고 있었다.

"보육원이라니, 그게 무슨 말이에요?"

부인은 말했다.

"그러니 어쩌겠어요. 제가 학교를 졸업한 후에 수이를 데리고 오면 되지 않을까요?"

"그렇게 마음대로 되지 않을 거예요. 해외로 입양되는 경우가 흔하니까요. 나도 생각을 해 보고 있었답니다. 강 선생이 괜찮다면 우리 친정댁에 말해 볼까 하는 생각이었지요. 그런데 지금 강 선생의 말을 듣고 나니 생각이 달라지는군요. 아이를 보육원에 보낼 각오라면, 차라리 양 교수댁의 수양딸로 보내는 것이 어떻겠어요? 그 댁에는 자식이 없으니 수이를 반듯하게 키울 거예요. 그렇게만 된다면 강 선생은 우리와 함께 스트라스부르로 갈 수 있을 거예요. 가사도우미 한 사람은 데려갈 수도 있다나 봐요. 학교는 그곳에 가더라도 계속할 수 있지 않겠어요? 아직 시간이 있으니 좀 더 두고 생각하세요."

"그렇게만 될 수 있다면 못 할 일이 뭐가 있겠어요."

인아는 부인의 말을 듣고 금세 마음이 들떴다. 이렇게만 된다면, 엄마가 딸의 속사정도 모르고 얼마나 좋아할까. 우리 딸이 프랑스로 유학을 떠났다고 만나는 사람마다 붙들고 이야기하겠지. 구겼던 자존심이 당장 되살아날 거야. 어쩌면 아이에게도 자기가 기르는 것보다, 양 교수댁에서 자라는 것이 더 행복해질지도 모른다. 그럴 수만 있다면 부인의 생각을 따르고 싶었다.

그날 밤 인아는 잠이 든 아이를 바라보고 있다가, 저 애가 엄마가 사라진 것을 알고 느닷없이 찾으면 어쩔까 하는 생각에 갑자기 눈물이 핑 돌았다. 수이야, 엄마가 너를 두고 떠나야 하는 심정을 헤아려 줄 수 있겠니? 보고 싶어 견딜 수가 없다면 되돌아와 우리 다시 만나자꾸나. 인아는 혼자 중얼거렸다.

이때만 해도 유럽에 가기란 하늘의 별을 따기보다 더 어려운 시절이다. 일은 부인의 생각대로 추진되고 있었다. 인아는 자기가 프랑스에 간다는 사실을 엄마에게 알리고 싶어 편지지를 펼쳐 들었다. 엄마가 이 편지를 받으면 얼마나 기뻐할까 생각하니 손이 부들거렸다. 우리 딸이 프랑스에 간다는 사실이 성준 아버지의 귀에 먼저 들어가길 바랄 거야. 그가 이 사실을 알게 되면, 사랑방에 누워 떼를 쓰던 일이 여간 스스럽지 않을 거야.

8. 스트라스부르의 생활

그들이 떠나기 전날, 부인은 인아 몰래 수이를 양 교수댁으로 보냈다. 그 날 밤 인아는 아이가 눈에 밟혀 그 애가 누웠던 빈자리를 손으로 더듬으며, 뜬눈으로 밤을 지새웠다. 하지만 이튿날 프랑크푸르트행 비행기에 오를 때는, 지난 일들이 꿈만 같이 아득히 멀어져 갔다. 자욱한 구름 사이로 바다의 파란 속살이 드러났다. 인아는 저것이 마치 자기의 미래인 것처럼, 두 손을 불끈 말아 쥐었다. 프랑스에 가서 대학 다니게 될 것이라는 생각이 가슴을 뿌듯하게 만들었다. 가는 내내 지루함 같은 것은 끼어들 틈이 없었다.

비행기는 축복받은 유럽의 넓은 대륙을 날고 있었다. 산과 호수, 강과 초원을 거쳐 고도를 서서히 낮추며 프랑크푸르트 국제공항에 내려앉았다. 이 교수의 친구 알랭이 마중을 나와 기다리고 있었다. 그의 차에 올라 라인강 연변을 한참 따라가다가, 핸들을 잡고 있던 그의 한 손이 번쩍 들렸다. 멀리 보이는 저 도시가 스트라스부르라고 말했다. 차는 곧 연변을 벗어나 언덕길로 올랐고, 파란 슬레이트로 덮인 2층 벽돌집 앞에 가 멈춰 섰다. 멀리 강물 위에 오가는 배들의 모습이 한눈에 내려다보였다. 알랭은 강 건너 저쪽이 독일 땅이라고 말했다.

뜰에는 살다 간 사람들이 가꾸어 놓은 나무들과 화초들이 그런대로 잘 어우러져 있었다. 그들은 집 안으로 들어섰다. 밖에서 보던 전경이 창 너머 그대로 보였다.

알랭이 일을 도와주고 집으로 돌아간 후였다. 부인은 인아에게 이제부터 자기에게 '언니'라 부르라고 말했다. 인아는 그럴 수가 있느냐며 난처한 기색을 띠웠으나, 이 낯선 땅에서 그까짓 사모님이 뭐 그리 대단하냐며, 자매처럼 지내자고 했다. 스트라스부르의 생활은 이렇게 시작되었다.

인아는 한동안 언어의 소통에 어려움이 없었던 것도 아니지만, 그런 생활이 오래가지는 않았다. 고등학교 다닐 때 제2외국어로 프랑스어를 조금 배운 일도 있었고, 서울에 있을 때 부인은 무슨 생각이라도 있었듯, 일상에서 가끔 프랑스어 어휘를 양념처럼 사용하기도 했다. 인아는 이곳에 오고 얼마 되지 않아, 이웃 사람들과 프랑스어로 인사를 주고받으며 간단한 대화를 나누었다.

그들은 그곳 생활이 오래지 않은 때이다. 주말을 맞아 알자스 지방으로 나들이를 나갔다가 돌아오는 길이다. 보주산맥 자락 길을 지나다가 산촌이 마음에 들어 노변에 차를 세우고 한 가게에 들렀다. 커피를 마시며 우연히 주인과 이야기하는 중에, 이 마을에 팔려고 내놓은 집이 있다는 것을 알고 부인의 귀가 솔깃했다. 마음에 두고 있는 생각이라도 있듯, 집을 한번 둘러보자며 주인을 서둘러 일으켰다. 집은 마을 변두리에 자리하였고, 지대가 높아 내다보이는 경관이 그저 그만이었다. 집터서리 밭에는 무, 배추 등 푸성귀들이 지천이었고, 창틀 앞에는 포도가 줄줄이 매달려 영글어 있었다. 그들이 주말에 들러 쉬었다 가기에 알맞은 집이다. 부인과 이 교수가 귓속말을 주고받았다. 서로는 고개를 끄덕이었고, 비싸지 않은 집이어서 계약은 쉽게 이루어졌다. 그리고 그 얼마 후 가까이 사는 몇 사람을 초대하여 집들이까지 했다. 찾아오는 사람들의 손에는 자기가 생산한 포도주나, 아니면 손수 잡은 들짐승 고기 같은 것들이 들려 있었다. 인아는 그들의 넉넉한 마음과 소탈한 웃음을 보면서, 어쩌면 저렇게 자기 고향 사람들의 모습과 비슷할까 하는 생각이 들었다. 어둠이 낄 무렵 인아는 부인과 함께 산책을 나섰다. 마을에서 피워 올리는 저녁연기 냄새가 멀리까지 피어났다. 엄마가 부엌에서 피워 올리던 연기 냄새와 비슷했다.

이국의 정서에 익숙해지기까지 몇 해가 정신없이 지나갔다. 인아는 그동안 학교에 다니면서 가사를 돌보아야 했고, 부인의 건강까지 보살펴야 했다. 그런데 부인의 건강이 시름시름 나빠지고 있었다.

어느 하루는 가족이 주말여행을 떠났다가 돌아오는 길이었다. 가까이 있는 도시 뮐루즈를 지나면서, 현석은 자동차 박물관에 잠깐 들렀다 가자며 졸랐다. 부인은 피로에 지쳐 마음이 내키지 않았지만, 그의 청을 거절하기가 난처해 어쩔 수 없이 그곳에 들렀다. 이때만 해도 부인의 건강이 그렇게 심각하다고 여기지는 않았다. 전시장에는 초창기로부터 근래에 이르기까지 다양한 자동차들이 줄지어 있었다. 현석은 그들의 모양새에 눈이 이끌려, 아빠와 함께 정신없이 돌아다녔다. 부인은 처음부터 그들과 함께 다닐 생각이 없었다. 인아는 그 사정을 잘 알고 부인의 곁을 떠나지 않았다. 두 사람은 세월없이 서성거리고 있었다. 부인의 목에서 새근거리는 소리가 인아의 귀에까지 들렸다. 그 소리는 무척 벅차고 거북스러워 보였다. 그러다 부인은 갑자기 가슴이 울렁거리고 어지럽다며 맨바닥에 주저앉았다.

그녀는 병원으로 옮겨져 응급치료를 받은 후, 이튿날 집 가까이 있는 병원으로 이송하여 입원했다. 의사는 심장의 기능이 떨어져 혈액이 제대로 공급되지 않아 일어나는 병이라고 말했다. 그녀는 전에부터 그런 진단을 받고 있었다. 한강철교가 폭파하면서 찢어 간 그녀의 심장이 기능을 잃고 있었다.

이로부터 인아는 집안일을 하고 나면, 곧바로 병원으로 달려가 부인의 병상을 지켰다. 그녀는 부인의 곁에 앉아 병원 밖에서 일어나는 일들을 이야기하기도 하고, 가끔 어깨나 팔다리를 주물러 주기도 했다. 하지만 부인은 하루가 다르게 기력을 잃고 있었다. 죽음이 가까이 오고 있는 것을 예감하듯 맥을 풀고 있었다. 하루는 손으로 시트를 툭툭 치며 인아를 자기 곁으로 불러들였다.

"아우, 나는 말이야, 아우와 함께 있었던 날들이 무척 좋았어. 그 어려움 속에서도 품위를 잃지 않고 살아가는 아우의 모습이 정말 대견스러웠어. 아우를 보면서 나는 행복이 무엇인지 알게 되었지."

부인은 말했다.

"언니, 왜 그런 말을 하는 거예요?"

"내 말은 진심이야. 그런데 내가 이러다 눈을 감으면 아우도 그렇지만, 그이와 현석이 어떻게 될지 걱정이 돼. 현석이야 그만하면 여자를 쉽게 사귈 수도 있겠지만 그이는 다르잖아. 아우가 있기는 하지만, 내가 없으면 아우인들 무슨 재미로 이러고 살고 있겠어?"

"언니, 지금 무슨 소리를 하는 거예요. 그런 걱정을 할 때가 아니잖아요. 마음만 굳으면 운명도 바꿀 수 있다고 늘 언니가 말하지 않았어요? 믿음을 저버리지 마세요. 언니는 일어나게 될 거예요."

부인은 잠시 말이 없었다. 그리고 상체를 일으키며, 시트 속에서 서류가 든 봉투 하나를 꺼내 들었다.

"아우 말이야, 이거 받아 줘."

"그게 뭐예요?"

"그냥 받아 두면 돼."

인아가 받아 든 것은 산장의 권리증이다.

"언니, 이것을 어떻게 하라는 거예요?"

"아우가 가지고 있으면 돼. 아우의 앞으로 명의가 되어 있잖아. 그 집을 살 때 아우의 명의로 사들인 거야. 엄마와 살 집이 있어야 하지 않았겠어? 내가 눈을 감기 전에 내 손으로 주고 싶었어."

인아는 눈시울이 시큰했다. 명의가 이미 자기 앞으로 되어 있는 것을, 사양해야 소용이 없는 일이다. 부인은 이제 해야 할 일은 다 했다는 듯이, 눈을 스르르 감고 있었다. 핏기 잃은 부인의 얼굴은 어둠 속으로 사라지는 저녁놀과 흡사했다.

9. 부인과의 영원한 이별

이런 일이 있고 일주일이 채 지나지 않았다. 인아는 눈을 감고 있는 부인의 파리한 얼굴을 지켜보고 있다가, 갑자기 불길한 예감이 들어 가슴 써늘했다. 이 교수와 현석에게 전화를 걸었다. 얼마 후 그들이 들어서자 초점을 잃고 있던 부인의 눈동자가 그들을 향해 머물렀다. 삶에 대한 긴장을 놓지 않으려고 얼굴을 미세하게 떨고 있었다. 뭔가 말하고 싶었지만, 근육이 풀려 입술이 움직이지 않았다. 그냥 떠나기에는 억울한 사람처럼 눈가에 파리한 눈물이 어렸다. 이 세상에서 마지막 짓는 감정의 표현 같기도 했다. 이 교수가 손수건을 꺼내 눈물을 닦아 주는 순간, 그녀의 얼굴에 긴장이 풀리면서 눈이 감겼다.

부인은 집에서 내려다보이는 언덕 아래 공원묘지에 묻혔다. 그녀가 떠나간 집은 늘 침울한 분위기였다. 이런 상태는 몇 개월이 지나도 좀처럼 바뀌지 않았다. 이 교수는 퇴근하고 집에 돌아오면, 자기 방으로 들어가 저녁 내내 무엇을 하고 있는지 알 수 없었다. 어쩌면 서재에 앉아 책을 보고 있을 수도 있고, 아니면 도로변으로 늘어선 가로등을 바라보며, 부인과 시장을 보러 다니던 생각을 하고 있을 수도 있다.

인아는 날이 갈수록 부인이 없는 자리를 메우려고 색다른 음식을 만들기도 하고. 때로는 옅은 분홍이나 다른 밝은색으로 옷을 바꿔 입기도 했다. 깊이 가라앉은 분위기는 바라는 대로 그리 쉽게 살아나지 않았다. 그녀는 이런 때 엄마가 살아 있었으면 얼마나 좋을까 하는 생각을, 하루에도 몇 번씩이나 했다.

이곳에 오고 그리 멀지 않아, 부인의 배려로 엄마와 함께 살 수도 있었다. 몇 벌의 옷이 든 우편물을 집으로 보내면서, 엄마에게 이곳으로 올 준비를 하라고 편지를 보냈다. 그런데 '수취인 사망'이란 쪽지가 붙어 반송되었다. 부인이 세상을 떠나고 거의 반년이 되어갈 무렵에야, 집 안의 침울한 분위기가 서서히 걷히고 있었다. 현석은 친구들과 어울려 다니기 시작했고, 이 교수 역시 직장에 있는 동료들과 한잔하고 들어오는 경우가 잦았다. 인아는 이런 기회를 놓치지 않으려고 신경을 썼다. 주말이면 가까이 있는 레스토랑에 들려 외식을 한다거나, 아니면 전과 같이 산장이나 주변의 명승지를 찾아다니기도 했다. 굳었던 얼굴이 서서히 미소를 되찾고 있었다.

연말이 되어 거리는 들뜬 사람들로 붐볐다. 현석은 친구들과 밤거리를 거닐다 예약된 파티 장소로 자리를 옮겨, 밤을 지새울 계획이라고 말하고 나갔다. 아침부터 찌뿌드드한 하늘에 눈발이 희끗희끗 날렸다. 인아는 집 안에 혼자 있는 것이, 따분했다. 시내로 나가 여행사에서 일하고 있는 친구를 불러내어, 식사를 함께하면서 넋두리를 늘어놓다 집으로 돌아왔다. 오후 늦게부터 함박눈이 내렸다. 창밖에 멀리 내다보이는 부인의 무덤이 눈으로 하얗게 덮였다. 인아는 어둠이 내려 사물의 형체가 살아질 때까지 마냥 바라보고 있었다.

전 같으면 이 교수가 벌써 들어올 법도 한데, 오늘따라 전화 한 통 없었다.

그녀는 따분한 생각이 들어 방으로 들어가려던 때이다. 거실에 놓인 전화 벨이 잇따라 울렸다. 수화기를 받아들자 조금 늦겠다는 이 교수의 전화이다. 그녀는 전화를 끊기 바쁘게 자기 방으로 들어갔다. 창문 밖에 눈발이 날리면서 가로등에 어린 그림자들이 유리창에서 어수선하게 춤을 췄다. 피난을 떠날 날 들판에 내리던 눈발과 흡사했다. 그녀는 침대 머리에 베개를 받히고 비스듬히 누웠으나, 오만 생각이 머릿속을 휘젓고 다녔다. 고향 마을에 포화를 퍼붓던 날, 아빠와 할머니는 어디로 피란을 했을까. 그녀는 갑자기 자기가 홀로 된 느낌이 들었다. 자기는 어쩌다 이 낯선 땅을 떠돌게 된 것일까? 세상이 새삼스레 낯설었다.

밖에서 초인종 소리가 울렸다. 대문을 열고 들어오는 이 교수의 옷이 후줄근하게 젖어 있었고, 얼굴에 술기운이 돌았다.

"늦으셨군요. 차 한 잔 갖다 드릴까요?"

인아는 말했다.

"고마워요. 같이 하는 것이 어떻겠어요?"

그가 좀처럼 하지 않던 말이다.

"그러세요."

인아는 마지못해 대답했다.

그녀는 주방으로 들어가 두 개의 찻잔을 쟁반에 받쳐 들고 거실로 나왔다. 이 밤에 부인이 앉아 있어야 할 자리에 자기가 앉아 있는 것이, 여간 이상하지 않았다. 잠시 고개를 떨구고 찻잔에 어린 자기의 일그러진 모습을 바라보고 있었다. 그 사이 이 교수의 눈길이 자기의 얼굴을 슬쩍 훑고 있었다. 어쩌면 자기의 불룩이 두드러진 깊숙한 사이를 유영하게 될지도 모르는 일이다. 그녀는 고개를 들었다. 이 교수의 얼굴이 머쓱했다. 머리를 긁적이며 난처한 표정을 짓는 것은 처음이다.

"혼자 한잔하고 들어와 미안해요. 연말이 되어 마음이 허전할 텐데 포도주 한잔할까요?"

"벌써 하신 것 같은데 괜찮으시겠어요?"

"강 선생이 뭔가 허전해 보여요."

"그렇지 않아요. 안주를 차릴까요?"

"그렇게 합시다."

그녀는 이 교수의 풀죽은 모습을 보다가, 오늘이 부인의 생일이라는 생각이 문득 들었다. 하지만 그가 잊고 있을지도 모르는 일을 들추어 말하고 싶지는 않았다. 모르는 척 얼른 주방으로 들어가 안주를 챙겨 방으로 돌아왔다. 그 사이 이 교수는 장식장에 진열된 홀쭉한 갈색 병의 포도주 한 병을 꺼내 놓고 기다리고 있었다. 그 술은 어쩌다 기회가 있을 때, 인아가 즐겨 마시는 술이라는 것을 그는 알고 있었다.

그들은 어색한 분위기를 메우기 위해 몇 잔의 포도주를 마셨다. 이 교수는 전 주로 인한 술기운으로 몸이 조금씩 흔들렸다. 전에는 좀처럼 보지 못하던 모습이다. 그는 잠시 인아를 바라보며 무슨 말을 하려다 '나 말이에요~' 하고 나서 말이 없었다. 그가 무슨 말을 하려는지 인아는 감이 가고도 남았다. 여기서 더 머무르다가 자칫 잘못되어 분위기가 어색해지면, 내일 당장 대할 낯이 없게 되는 것이다. 그녀는 밤이 늦었다며 상을 거둬 주방으로 들어갔다.

이튿날 이른 아침이다. 인아는 쓰레기를 버리려고 대문을 나서다가 이 교수와 얼굴이 마주쳤다. 그는 벌써 아침 산책을 하고 돌아오는 길이었다.

"강 선생, 어젯밤 실례가 많았어요."

이 교수는 겸연쩍은 얼굴로 말했다.

"실례라니요? 술이 조금 과하신 것 같기는 하더군요."

"미안해요. 어제 집으로 돌아오는 길에 그이의 무덤에 잠깐 들렀다가, 노변 카페에 들러 한잔한 것이 그렇게 되었어요."

"전화를 주시지 그랬어요?"

"그럴 생각이 없었던 것은 아니지만, 날씨가 너무 궂어 불러낼 엄두가 나지 않았어요."

날이 갈수록 이 교수의 마음이 흔들리고 있었다. 그는 느닷없이 알프스의 설경을 구경하러 가자며, 서둘러 현석을 앞세워 방까지 예약했다. 마음이 들뜬 것은 인아도 마찬가지였다. 샤모니 계곡은 각지에서 모여든 사람들로 북새를 떨었다. 그들이 든 집은 나직한 산기슭에 있는 2층으로 된 목조 건물이다. 삭은 나무껍질 냄새와 낙엽 냄새가 집 안에 가득했다. 인아는 문득 할아버지가 사랑채 여닫이 방 천장에 매달았던 한약 재료 냄새가 떠올랐다. 어디서 향수를 느끼는 프랑스의 고유 음곡이 흘러나왔다. 현석의 콧노래가 코러스를 이루었다. 그들 모두가 이국의 정취에 흠뻑 빠져들었다. 저녁을 먹기 위해 산장을 내려와 레스토랑으로 들어갔다. 비프스테이크에 포도주 한 잔 걸치는 것이, 여행할 때 그들의 단골 메뉴이다. 현석은 밤 계곡의 설경을 구경하려는 생각에 마음이 들떠 있었다. 그는 식사가 나오기 바쁘게 혼자 뚝딱 해치우고 서둘러 빠져나갔다. 갑자기 분위기가 호젓해져 어울리지 않게 어색했다. 어쩌면 이 교수가 이런 기회를 노리고 있었는지도 모른다.

"강 선생, 내가 말이에요, 이런 말을 해도 될지 모르겠어요."

"무슨 말씀인데 그러세요?"

"나는 강 선생을 사랑하고 있어요."

"그럼, 언제는 저를 미워하고 있었나요?"

"그게 아니라,"

"그게 아니라면?"

인아는 짐짓 말했다.

"강 선생을 괴롭힐 생각은 없어요."

"저는 누구보다도 교수님을 존경하고 있어요. 교수님이 스스로 새 가정을 이룰 때까지 곁을 떠나 산다는 생각은 하지 않았어요. 하지만 저는 누구를 사랑할 수 있는 처지가 아니에요. 아직도 수이 아빠를 잊지 못하고 있어요."

"이룰 수 없는 사랑이라면 잊어야 하는 게 아닌가요?"

이 교수는 말했다.

"저도 잘 모르겠어요. 두 사람 사이에 문제가 있어서 헤어진 게 아니라, 그 집 가정으로 이렇게 된 거예요."

인아는 이 교수와 마주하고 있는 것이 어색했다. 서둘러 이 교수를 일으켜 거리로 나왔다. 밤거리는 사방에 매달린 조명등으로 휘황했다. 하늘에 걸린 달이 허수아비처럼 희멀겋게 겉돌고 있었다. 그들은 불빛을 벗어나 설경을 구경하고 있었지만, 머릿속은 나름대로 다른 생각으로 가득했다. 인아는 한동안 잊은 줄로만 알고 있었던 성준이 여전히 자기의 마음속 깊숙이 자리하고 있다는 것을 깨닫고 있었다.

알프스를 다녀오고 나서, 이 교수의 흔들리는 모습은 눈에 보이게 드러났다. 전에 들어본 적도 없는 자기 고향 이야기를 생뚱맞게 한다든가, 아니면 스트라스부르보다 서울이나 파리에서 일어난 이야기를 이따금 하곤 했다.

봄이 되어 어느 하루는 가까이 일 강 유역에 있는 '작은 프랑스'라고 불리는 구시가로 가족 나들이를 나갔다. 강가에 늘어선 아름다운 고풍의 집들이 창틀에 예쁜 화초들을 늘어놓아, 관광객들의 눈길을 사로잡았다. 그들은 유람선에 올랐다. 인아와 현석은 이 아기자기한 집들과 꽃들에 마음이 홀려 시선을 뗄 줄 모르고 있었다. 그들의 모습을 유심히 보고 있던 이 교수는 집으로 돌아오면서 느닷없이 말했다. 이번 여름휴가에 동유럽으로 긴 여행을 떠나자고, 시선을 밖으로 돌리면서 말했다. 그것을 마다할 사람은 아무도 없었다. 인아는 오래전부터 다뉴브강으로 여행을 한번 떠나는 것이 꿈이었다. 그런데 그동안 부인의 건강이 좋지 않아 그런 말을 차마 꺼낼 수가 없었다.

10. 마지막 여행 다뉴브

이로부터 인아는 여행에 필요한 용품들을 수시로 챙기기 시작했다. 갈아입을 옷과 약품들, 커피, 고추장, 백포도주와 적포도주 등등, 이제 낯선 땅을 돌아다니다 숙소로 돌아와, 노대에 나와 앉아 이국의 색다른 풍경을 바라보며 즐길 일만 남아 있었다.

방학을 맞아 집을 떠나던 날이다. 몇 조각의 흰 구름이 지평선에 걸려 있을 뿐, 여행하기에 아주 좋은 날씨였다. 운전은 세 사람이 가면서 교대로 하기로 했다. 그들은 산과 들, 언덕에 자리한 크고 작은 마을을 거치면서, 슈바르츠발트 산지를 지나고 있었다. 계곡에 흐르고 있는 물이 손짓하듯 너울거렸다. 물은 졸졸거리며 흐르다가 때로는 장애물을 만나 물갈래를 이루기도 하고, 다시 만나 낭떠러지로 떨어지면서 웅덩이를 만들기도 했다. 이 교수는 이 골짝 물이 다뉴브강의 원류라고 말했다. 그 한 마디에 인아는 마음이 걷잡을 수 없이 설레었다.

그녀가 다뉴브강에 대한 그리움을 갖게 된 것은 고등학교 2학년이 될 무렵이다. 엄마 방을 걸레질하다가, 엄마가 밀쳐놓은 신문에 한 기사가 유난히 눈에 띄었다. 개화기에 미성의 성악가 윤 모 양과 그녀의 남자 친구가 한일해협을 건너다 투신자살했다는 애틋한 기사다. 그때만 해도 인아는 한창 예민한 시기여서, 한동안 그 기사가 머릿속을 떠나지 않고 있었다.

그런데 얼마 후 우연히 라디오를 듣고 있다가, 다뉴브강의 잔물결이라는 곡에 그녀가 작사해 불렀다는 '사의 찬미'가 흘러나왔다. 인아는 다뉴브강의 붉은 노을에 마음이 이끌려, 노래가 끝날 때까지 정신 나간 사람처럼 멍하니 서 있었다.

그들은 차를 길가에 세우고 물가로 내려갔다. 나비와 벌들이 오래 묵은 수풀 사이로 날아다니고, 산새들의 울음소리가 곳곳에서 들려왔다. 그들은 물가에 둘러앉아 발을 물에 담그고 있었다. 인아는 손으로 물을 철썩거리고 있다가, 옛날이 다시 찾아온 줄 알고 돌을 주워 현석이 앞에 던졌다. 현석은 기다리고 있었다는 듯이 손 빠르게 물을 퍼 인아에게 끼얹었다. 금세 두 사람 사이에 물똥싸움이 벌어졌다. 현석의 몸 움직임이 거칠어지면서, 옆에서 보고만 있던 이 교수가 인아의 편을 들었다. 수세에 몰린 현석이 갈팡질팡하다가 물러서면서 싸움은 끝났다. 인아의 이마에는 물기 서린 머릿결이 어지럽게 뒤엉켰다. 옷이 물에 젖어 희멀건 속살이 천 밖으로 어렸다. 청순한 소녀의 티가 그대로 배어 있었다. 이 교수의 시선이 방향을 잃고 갈팡질팡했다. 오랜만에 맞는 즐거운 하루였다.

그곳을 떠나 그들이 이른 곳은 다뉴브강이 낳은 첫 도시 울름이다. 이곳은 나폴레옹이 독일과 오스트리아 연합군을 상대로 한바탕 싸움을 벌인 곳이다. 먼저 하늘에 우뚝 솟은 성당의 첨탑이 그들을 맞았다. 인아는 저 첨탑이 그 난리를 겪고도 어쩌면 저렇게 초연한 자세로 버티고 있을 수가 있을까 하는 생각이 먼저 들었다.

그들은 호텔에 여장을 풀고, 창가에 둘러앉아 강변에 늘어앉은 낯선 도시를 바라보고 있었다. 우뚝 솟은 고딕식 건축물들, 아인슈타인이 태어난 곳이 이곳이라 하였던가. 저녁을 먹는 동안 해가 기울어 강물이 붉게 물들기 시작했다. 그토록 그리워하던 다뉴브강의 노을이다. 현석은 식사가 끝나고 여행기를 쓰겠다며 방으로 들어갔다. 그 사이 인아와 이 교수는 호텔을 빠져나왔다. 일삼아 둘이서 산책을 나서기는 처음이었지만, 가족이 자주 여행을 다녔던 터여서, 그리 어색할 것도 없었다. 그들은 강변으로 난 산책 길 따라 걸었다. 저녁놀에 흠뻑 젖어 자신들도 모르게 꽤 멀리 걸어갔다. 문제는 돌아오는 길이었다. 놀이 지고 가로등이 강변을 밝히기는 했어도, 가끔은 나무들이 불빛을 가리어 어둑한 곳이 많았다. 벤치는 주로 그런 곳에 놓여 있었다. 그들은 다리가 뻐근해 잠시 벤치에 앉아 쉬고 있었다. 바로 그때 이 교수의 말소리가 미세하게 떨렸다. 몸가짐이 뭔가 불안해 보였다. 인아는 그의 속마음을 읽고 있었다. 그날 밤 성준과 강가에서 있었던 상황과 비슷했기 때문이다. 저러다 무슨 일을 저지르려나 하는 생각이 선뜻 들었다. 벌써 샤모니 계곡에서 자기 마음을 고백한 일도 있었다. 그까짓 자기 자존심이야 그렇다손 치더라도, 자칫 잘못되면 한순간에 여행을 망칠 수도 있다. 인아의 생각은 나래를 달고 날아올랐다. 그녀는 그의 마음을 달래기 위해 그의 손을 포근히 잡았다. 그리고 현석을 둘러대며 그를 벌떡 일으켜 호텔로 돌아왔다.

그들은 그곳을 떠나 린츠를 거쳐 빈에 이르렀을 때이다. 시내의 명승지를 둘러보고 오페라극장 광장 벤치에 앉아 쉬고 있을 때이다. 베토벤의 교향곡을 비롯하여 모차르트의 세레나데, 차이콥스키의 비창에 이르기까지 유명한 곡들이 연이어 흘러나왔다. 이 교수의 얼굴이 파리해졌다. 그는 영혼이 팔린 사람처럼 숨을 죽이고 있었다. 전에는 보지 못하던 모습이다. 무슨 생각이 떠올라 저런 표정을 짓고 있었을까. 인아는 그것이 궁금했다. 지난날 자기 부인과 있었던 일들이 떠오르거나, 아니면 다가올 삶에 대한 불안한 감정이, 자기의 목을 죄고 있는지도 모르는 일이다. 부다페스트로 가면서 인아는 그가 지었던 표정을 좀처럼 지울 수가 없었다.

얼마 후에야, 인아는 강물 위에 도요새들이 날고 있는 것이 보였다. 저마다 휘휘 날갯짓하며 물속에 있는 먹이를 찾고 있었다. 그중에 한 놈이 별안간 공중제비를 넘었다. 잽싸게 몸을 물속으로 꽂아 넣어, 어느새 물고기 한 마리를 주둥이에 물고 나왔다. 그놈은 곧장 숲속으로 날아가 자기 새끼들에게 먹이를 떨구어 주고 되돌아왔다. 인아는 눈시울이 시큰했다. 엄마도 저 새처럼 자기를 키웠고, 자기를 기다리다 돌아가셨겠지. 가슴이 뭉클했다.

해 질 무렵 그들은 부다페스트에 이르러 겔레르트 언덕으로 올랐다. 노천 카페에 들러 음료수를 마시며 광활한 도시를 내려다보고 있었다. 붉은 노을이 물러서면서 도시 일대가 조명으로 황홀했다. 이래서 사람들은 부다페스트를 다뉴브강의 정수라 부르는가. 그녀의 마음은 한껏 부풀었다. 자기도 모르게 입속에서 노래가 새어 나왔다. '붉은 노을은 꽃 바다 이루고, 지저귀는 새 여기가 다뉴브강~' 윤 양이 부른 〈사의 찬미〉다. 그러자 현석과 이 교수가 덩달아 흥얼거렸다.

다뉴브강은 루마니아의 툴체아에서 꼬리를 감추었다. 그들은 집을 떠나 일주일 만에 흑해의 휴양 도시, 콘스탄차에 이르렀다. 황갈색 파도가 호텔 앞까지 밀려왔다. 비릿한 바닷물 냄새가 사방에서 스멀거렸다. 내일부터는 선상 여행이 시작된다. 그들이 광천욕을 하고 저녁을 먹을 때는 주위에 어둠이 끼고 있었다. 멀리 밤바다에 배들이 흘리는 불빛들, 모래사장에 나란히 누워 있는 연인들, 이국의 정취가 물씬 풍겼다. 그들은 바닷가에 나가 앉았다가, 내일의 즐거운 여행을 위해 호텔로 돌아와 일찍 잠자리에 들었다.

이른 아침 부두에는 유람선을 타려는 사람들로 붐볐다. 시금시금한 강물 냄새가 코로 스며들었다. 그들은 다뉴브강과 마인강을 거쳐, 라인강의 유람선을 타고 집으로 갈 생각이다. 드디어 배가 부두를 떠났다. 배는 협곡을 지나면서 푸른 숲 사이를 빠져나가기도 하고, 흰 모래사장을 양안에 달고 지나기도 했다. 강가에 자리한 마을, 석벽에 매달린 나무들, 하늘을 나는 도요새들의 날갯짓 하는 모습은 인아를 어느새 유년 시절로 돌려보냈다. 하루해가 가고, 희뿌연 안개가 골짜기에 끼는가 하더니 어둠이 내리고 있었다. 강 언덕 숲속에 있는 어떤 외딴집에서 새파란 불빛이 나뭇잎 사이로 새어 나왔다. 인아는 무심코 바라보다가, 저 집에서 엄마가 자기를 기다리고 있는 것 같아 눈시울이 달아올랐다. 이 교수 역시 무슨 생각에 잠겨 말이 없었다. 이런 분위기를 눈치챈 현석은 슬그머니 일어나 포도주 한 병을 꺼내 들고 왔다. 먼저 이 교수가 기다리고 있었듯 몇 잔의 술을 비웠다. 그리고 부질없이 이북에 있는 가족 이야기를 넋두리처럼 늘어놓았다. 전에는 좀처럼 하지 않던 이야기다. 이북에 두고 온 부모 형제나 친척들, 지평리나 단장의 능선에서 중공군과 싸우던 이야기를 밤 가는 줄 모르고 하고 있었다. 그러다 밤늦게 잠이 들어, 깨일 때는 희뿌연 구름이 자욱이 낀 가운데 안개비가 내리고 있었다. 부풀어 올랐던 대기가 식어 내리고, 연안에 늘어앉은 포도밭 농장들이 비에 축축이 젖었다. 만물이 생기에 넘쳐 꿈틀거리는 소리가 인아의 귀에까지 들렸다. 닫혔던 마음이 열리고 있었다. 지난 일에 얽매여 살아온 삶을 그녀는 후회하고 있었다.

그들은 독일의 중서부 도시 마인츠에 이르러 하룻밤을 보낸 뒤, 라인강을 거슬러 오르는 유람선에 올라 집으로 돌아왔다. 우편함에는 우편물 몇 통이 그들을 기다리고 있었다. 이 교수의 시선이 그중 하나에 꽂혔다. 파리대학으로부터 보내온 우편물이다. 9월 학기부터 강의를 해 달라는 통보이다. 그러니까 그는 벌써 그쪽 학교와 사정을 알아보고 있었다는 이야기가된다. 그가 여행을 떠나자는 것도, 선상에서 밤늦게까지 이야기하던 것도, 이와 관련이 있었다. 날이 밝기 바쁘게 이 교수는 아들 현석을 데리고 파리로 갔다.

11. 단짝 친구 경희와의 만남

인아는 쌓인 피로도 풀 겸 온천욕이나 하려고 가까운 이웃 도시 바덴바덴으로 갔다. 이곳은 옛적부터 온천욕으로 이름이 널리 알려진 곳이다. 부인의 건강이 웬만할 때만 해도, 그들 가족은 이곳을 종종 드나들었다.

그녀는 단골집 노천탕으로 들어가, 몸을 물에 담그고 하늘을 향해 눈을 감고 있었다. 그러다 눈을 떴을 때는, 저쪽 맞은편에 있는 한 여자가 자기를 바라보고 있었다. 피부색이나 체구의 모양새가 자기와 비슷했다. 어디서 많이 본 여자이다. 하지만 그 여자 머리 위에 수건이 늘어져 있어 선뜻 알아보기가 쉽지 않았다. 그런데 그 여자가 두꺼비 형상으로 물을 가르며 자기에게 오고 있었다.

"강인아?"

그녀는 소스라치게 놀라는 표정을 하며 조심스럽게 말했다. 이럴 수가! 그녀는 중, 고등학교 단짝 친구 경희이다.

아호리로 피난을 오던 해, 마을에서 20리나 떨어진 읍내에 있는 여중에 편입하던 날이다. 담임교사를 따라 교실로 들어섰다. 학생들의 시선이 일제히 자기에게로 쏠렸다. 그들 중에 한마을에 피난하고 있던 경희가 거기 앉아 있었다. 그때까지만 해도 경희가 한마을에 살고 있기는 하여도, 집이 멀리 떨어져 있을 뿐 아니라, 그곳에 온 지 얼마 되지 않아 서로는 말 한마디 나눠 본 적 없던 사이다. 그런데 그렇게 한 반이 되면서부터, 두 사람은 그 먼 통학길을 자매처럼 함께 다니게 되었다.

경희는 난리가 나기 전에 읍내에 살고 있었다. 전쟁은 그곳이라고 피해 가지 않았다. 한때 읍내의 집들은 폭격으로 인해 잿더미가 되었고, 사람들은 자기 집이 타는 것을 바라보면서 피난을 떠나야 했다. 경희의 가족도 이때 집을 태우고 피난을 나서 아호리로 오게 되었다. 그러나 그들은 1년이 채 되지 않아, 폐허가 된 땅에 집을 다시 세우고 읍내로 들어갔다.

인아와 경희는 서로의 가정에 대해서, 할 이야기가 너무 엄청나 서로가 입을 떼지 못하고 있었다. 그들은 탕에서 나와 옷을 갈아입고 밖으로 나왔다. 경희는 중견 공무원으로 국내 온천 개발에 붐이 일어나자, 이곳으로 선진지 시찰을 왔다가 내일이면 서울로 돌아가야 할 형편이다. 자세한 이야기는 집에 가서 나눌 생각으로, 인아는 무턱대고 경희를 자기 차에 태웠다. 그들은 낯선 들과 색다른 집들을 거치면서, 별다른 대화도 없이 라인 강 건너 그녀의 집 앞에 가 멈춰 섰다. 오가는 배들의 모습을 내려다보는 경희의 눈이 휘둥그레졌다. 인아가 이렇게 운치 있는 곳에서 살고 있으리라는 생각은 하지 못했다. 그런데 인아가 무슨 연유로 그렇게까지 집에 올 수 없었는지 점점 더 궁금해졌다.

그들은 찻잔을 앞에 놓고 서로의 표정을 살피고 있었다.

"그래, 어떻게 살아온 거야?"

경희가 먼저 입을 뗐다.

"응, 그렇게 되었어."

인아는 말했다.

"그렇게 되다니?"

그제야 인아는 자기가 살아온 실제의 사정을 털어놓기 시작했다. 자기가 왜 집을 떠나왔으며, 그날 밤 강을 건너다 어떻게 되었는지, 그리고 서울에서 부인을 만나 여기까지 오게 된 동기를 숨김없이 이야기했다. 그러나 수이에 대한 이야기는 차마 입 밖에 나오지 않았다. 인아의 이야기를 듣고 있는 경희의 얼굴이 파랗게 질렸다. 이런 엄청난 일이 그녀에게 있으리라는 생각은 꿈에도 하지 못했다. 이런 인아에게 그녀의 가족에 관한 이야기를 꺼낼 생각을 하니 목이 죄었다.

"인아야, 네가 딸로서 알고나 있어야 하겠기에, 내가 아는 대로 말하지 않을 수 없구나. 모두가 지나간 일이니 내 이야기 듣고 너무 마음 아프게 생각하지 마라. 네가 집을 떠나고 난 얼마 후였어. 공무원 인사 발령 통지서가 왔더구나. 나는 네가 어떻게 되었는지 궁금해 너희 집에 갔었지. 너희 엄마가 통지서를 내밀면서 눈물을 흘리시지 않겠어? 너는 T 시청으로 발령이 났더구나. 그날 나는 너를 얼마나 원망했는지 모른다. 그런 너희 엄마를 두고 돌아서자니 발이 떨어지지 않더구나. 너희 엄마 곁에서 하룻밤을 자게 되었지."

"경희야, 정말 고맙구나."

인아의 눈에는 눈물이 어렸다.

"그리고 그 후에 나 너희 아빠 만났어."

"너, 지금 뭐라고 말했니? 아빠를 만났다고?"

인아는 믿기지 않아 다시 물었다.

"너희 아빠가 이북에서 돌아오셨어. 네가 집을 떠나고 2년은 조금 지났을 거야. 내가 직장에 있으면서 집에 자주 가지 않던 때이지 않았던 때이지.

엄마가 너희 아빠 오셨다고 말하더구나. 나는 이제 너희 엄마가 한시름 놓겠구나 하고 생각했었어. 그리고 몇 주 뒤 나는 네가 궁금하기도 하지만, 너희 아빠도 뵐 겸 너희 집에 갔었단다. 너희 엄마의 기력이 말이 아니었어. 그 몸으로 새벽에 일어나 뒤뜰 섬돌 위에 청정한 석간수 떠 놓고, 가족이 무사하도록 삼신할머니에게 빌고 있다더구나. 이야기하는 도중에 방문이 열리지 않겠어? 나는 대뜸 너희 아빠인 줄 알았지. 벌떡 일어나 너의 친구라고 인사를 드렸단다. 그런데 고개만 끄덕이시고 별다른 표정이 없었어. 그리고 곧 문이 닫히면서 네가 쓰던 방으로 가시더구나. 아빠가 낯선 사람 만나는 것을 꺼리신다고 너희 엄마가 말씀하셨어."

"어떻게 그렇게까지 되셨지?"

인아는 말했다.

"너희들이 피난을 떠나던 날, 너희 아빠는 몸져누운 할머니를 두고 차마 집을 떠날 수가 없었다더구나. 집에서 할머니의 부어오른 발목을 쑥으로 뜸질하고 있는데, 뒷산 너머에서 총포 소리가 요란하게 울리더라는 거야. 할머니를 업고 마을을 빠져나오기 바쁘게, 뒤따라 중공군들이 떼를 지어 마을로 몰려들었다지 뭐냐? 그때 강 건너 잠복해 있던 유엔군이 그들을 향해 일제히 포문을 열었단다. 너희 아빠는 마을이 온통 불바다가 되는 것을 보면서 벽란도로 가셨다더구나."

"그랬을 테지. 벽란도는 할머니의 친정댁이 있는 곳이지."

인아는 말했다.

"몇 년 후 할머니가 돌아가시고, 너희 아빠는 남하할 기회만 노리고 있었다더구나. 하루는 바다 깊숙이 들어가 고기를 잡고 있는데, 어두워질 무렵 비가 억수같이 쏟아지더라는 거야. 이때이다 하고 너희 아빠는 배의 속력을 다해, 바다 깊숙이 들어가 남쪽으로 달렸다지 뭐야. 날이 샐 무렵 어떤 섬 부근에 이르러 남한 경비정에 나포되었다더라."

"아빠니까 그렇게 할 수 있었을 거야."

인아는 말했다.

"그런데 그 후가 문제였어. 대공수사국에서 가혹한 조사를 받은 데다가, 치안본부 대공 분실로 데려가 그곳에서 간첩일지도 모른다며 지독한 고문을 당하셨단다. 그러니 몸이 어찌 온전하실 수가 있었겠어. 그런데 그 것뿐이 아니란다. 집으로 돌아오신 후에도 경찰서 정보과 형사들이 감시를 늦추지 않았다는 거야. 너희 엄마가 얼마나 분통이 터지셨겠어. 그날 너희 집에 갔다 온 것이 마지막이었어."

경희는 한숨을 길게 내쉬며 시선을 돌렸다.

"지독한 놈들이었군. 나는 그런 줄도 모르고 한때 여기서 엄마와 함께 살 수 있는 날이 빨리 오기를 기다리고 있었지. 그러다 그럴 기회가 되어, 엄마에게 우편물을 보내면서 이곳으로 올 준비하라고 했지. 그런데 그 우편물이 되돌아온 거야. 수취인 사망이라고 적혀 있지 않았겠어? 돌이켜 생각해 보면 모든 것이 난리 때문만은 아니었어."

인아의 눈가에 회한의 눈물이 서렸다.

"이제 모두가 지나간 일이다."

경희는 말했다.

"그거야 그렇지. 그런데, 성준 그 사람은 어떻게 살고 있어?"

인아는 말했다.

"응, 그 집도 사달이 났나 봐. 성준 씨가 어느 날 갑자기 행방을 감추었단다. 마을에서는 그가 너와 연락이 닿아 사라진 줄로만 알고 있었지. 그러니 그 아버지의 체면이 어떻게 되었겠어. 끝내 아들이 돌아오지 않자, 다른 곳으로 이사를 하게 되었다나 봐. 그리고 그 후, 어느 날 한밤에 성준 씨가 군복을 입고 너희 엄마 앞에 나타났다더라. 너에게서 무슨 소식이 없느냐고 물어보더니, 메모지 한 장을 건네주면서 연락이 오면 자기에게 꼭 좀 알려 달라고 당부하더라는 거야. 그리고 이 사실을 비밀로 해 달라며 어둠 속으로 사라졌단다."

"그럼, 그가 지금도 군인으로 있는 거냐?"

인아는 물었다.

"그렇지 않아. 그는 지금 어디서 목장을 하고 있다나 봐. 내가 결혼을 하고 한동안 고향을 잊고 살 때였지. 하루는 신문을 펼치다가 깜짝 놀라지 않았 겠어? 군 인사 발령이 있기 전인데, 승진 운동을 하다가 걸려든 명단에 그의 이름이 나오지 뭐냐? 성준 씨를 좋아하던 한 여자가 성준 씨 몰래 그런 일을 저질렀나 봐. 그러다 들통이 난 거지. 그것도 다른 군인들 부인까지 끌어들여서 말이다. 신문과 방송이 며칠 동안 부산하게 떠들었단다. 그러니 성준 씨는 영문도 모르고 물벼락을 맞은 거지. 무슨 수로 그 자리를 버티어 있을 수가 있었겠어."

"그럼, 그 여자와 사는 거야?"

"그렇지 않아. 성준 씨는 처음부터 그 여자에게 관심이 없었다나 봐."

"그이도 팔자가 무척 사나운 사람이군."

인아는 말했다.

"그는 아직도 너를 기다리고 있다는 말이 있어."

"설마, 그럴 리야."

인아는 가슴이 뭉클했다.

"아니야, 엄마가 어디서 그런 말을 들었나 봐."

이야기는 이것으로 끝내고, 인아는 경희를 데리고 시가지로 나갔다. 자기가 이곳을 떠나고 나면, 경희가 이곳에 다시 오기란 쉽지 않은 일이다. 그들은 시내를 배회하며 레스토랑에 들리기도 하고, 스트라스부르 대성당을 비롯하여 특색 있는 이 지방의 관광지 몇 곳을 둘러보며, 설명을 늘어놓기도 했다. 그리고 프랑스 국가가 하룻밤 사이에 이곳에서 작사 작곡되어 이 지방에서 처음 불렸으며, 알퐁스 도데의 '마지막 수업'의 배경이 이 지방이라고 이야기했다.

다음날 인아는 경희를 차에 태우고 프랑크푸르트공항으로 가면서, 아마 내년쯤 이곳 살림이 정리되는 대로, 부모님 산소를 한번 돌보고 와야겠다는 말을 던졌다. 성준이 아직도 자기를 기다리고 있다는 경희의 말이 마음에 걸렸다. 경희가 그 말을 기다리고 있었다는 듯이, 그녀는 인아의 어깨를 가벼이 두드리며 신의를 다졌다.

경희와 만나고 나서 그런 것은 아니지만, 아무튼 인아는 잠자리가 어수선했다. 엄마, 아빠의 풀이 죽은 모습이 꿈에 자주 나타났다. 꿈속에서 어쩌다 집에 들르려고 마을 앞을 지나는데, 정체도 흐릿한 사람들이 멀찌감치 모여 서서 자기를 비웃기라도 하듯 히죽거렸다. 오랜만에 집으로 들어서면 사방이 허물어질 듯 낡았고, 머리가 하얗게 된 엄마나 아빠가 표정 없이 자기를 바라보았다. 그런데 만나기 바쁘게 늘 떠나야 할 시간에 쫓기고 있었다. 그때마다 부모님께 드릴 용돈이 빠듯해 주머니를 뒤지며 쩔쩔매다가 꿈에서 깨어나곤 했다. 그러고 나면 마음은 허우룩하고, 부모님과 주고받은 대화 같은 것은 기억에 없고 흐릿한 당신들의 표정만 눈에 아른

거렸다.

인아는 이제 가족을 위해 할 수 있는 일은 아무것도 없었다. 자기 가족이 난리로 인해 억울하게 살다 갔다는 것을, 세상에 알리는 것이 유일한 자기의 몫이었다. 수기를 써야겠다는 생각이 한순간에 일었다.

주말이 되어 이 교수와 현석이 파리에서 돌아왔다. 인아는 그동안 경희를 만나 있었던 일들을 이 교수에게 이야기했다. 난리 때문에 자기 가족이 너무 억울하게 당하고 갔으니, 이제 수기라도 써서 세상에 알려야겠다고 했다. 이 교수는 그녀의 이야기를 듣고 너무 어처구니없어, 표정을 굳히며 할 말을 잃고 있었다. 그녀의 가정이 불우하다는 것은 알고 있어도, 이렇게까지 황당한 일이 그녀의 가정에 있었으리라는 생각은 하지 못했다. 이제 그녀를 위해 자기가 할 수 있는 일은 아무것도 없었다. 그녀가 하자는 대로 지켜보고 있는 수밖에 없었다.

이 교수가 현석을 데리고 파리로 돌아간 후, 인아는 수기를 쓰기 시작했다. 행복했던 유년기를 써 내려갈 때는, 자기에게도 이런 시절이 있었든가 하는 생각에 가슴이 터질 것만 같았다. 그리고 곧 수난의 시대로 접어들면서 나날은 소름 끼치는 일이었다. 어떤 때는 자기가 쓰고 있는 이야기에 정신이 팔려, 수기 속에 나오는 가엾은 여자가 자신이라는 것도 잊고 동정의 눈물을 짓기도 했다. 그녀가 쓴 수기는 서울에 있는 모 일간지로 보내져, 공모에서 최우수 작품으로 선정되었다.

12. 서울로 가는 비행기

인아는 스트라스부르의 집을 정리하여 파리에 그들이 살 집을 마련해 놓고, 서울로 가는 비행기에 올랐다. 그녀가 다시 파리로 돌아오게 될지, 못돌아오게 될지는 두고 봐야 하는 일이다. 비행기가 서서히 고도를 높였다. 창밖으로 내다보이는 세상, 함께 어울린 마을들, 울로 둘린 엇비슷한 벽돌집들, 어느 정원에는 한가히 서성거리는 사람의 모습도 아련히 보였다. 그들 모두가 자기로부터 낯설고 멀어져 가고 있었다. 그녀는 머리를 의자에 젖히고 눈을 감았다. 수기를 쓸 때 잊고 있었던 유년기의 일들이 아릿하게 떠올랐다.

엄마가 만들어 주던 음식들, 얇게 썬 애호박에 밀가루와 달걀 반죽을 씌운 지짐이, 파에 고추장을 풀어서 지진 부침개, 그리고 김장하던 날 겉절이를 이웃에 돌리며 흐뭇해하던 할머니의 모습이 눈에 선했다.

겨울이 되면 양지 편에 앉아 있던 참새들이 방앗간 주위로 주르르 날아내린다. 아빠는 줄을 매단 버팀대를 삼태기에 고이고 그 안에 먹이를 뿌린 후 참새들이 날아들기를 기다리고 있었다. 척후병으로 한두 마리가 날아내리면 뒤따라 다른 놈들이 우르르 날아내렸다. 참새들이 정신없이 먹이를 주워 먹는 순간, 아빠의 손이 재빠르게 줄을 잡아챘다. 삼태기가 덮치면서 참새들이 무더기로 그 안에 갇혔다. 그날은 참새 굽는 냄새가 집 안에 가득했다.

인아는 그동안 갇혀 있던, 오래된 기억이 꼬리에 꼬리를 물고 되살아나고 있었다.

아마 자기 나이 대여섯 살은 되었을 것이다. 외갓집을 가려는 엄마를 뒤따라가려다 혼이 난 적이 있었다. 엄마는 따라오지 말라고 손을 내저었지만, 따라가고 싶은 마음에 한사코 엄마 뒤를 따랐다. 마을을 돌아 나 논두렁길을 건너고 있을 때이다. 엄마는 화가 머리끝까지 치밀어 갑자기 돌아서면서 자기의 등을 손으로 후려쳤다. 그리고 재빠른 걸음으로 산모롱이를 휙 돌아 사라졌다. 그때야 자기는 엄마를 따라잡을 수 없다는 것을 알고, 논두렁에 퍼질러 앉아 콧물을 손등으로 훔치고 있었다. 그러다 일어설 때야 옷가랑이가 축축이 젖은 것을 알았다. 그것이 오줌을 지려 그렇게 된 것인지, 아니면 논두렁 물기가 스며든 것인지는 오래되어 분간이 가지 않는다.

그녀는 드디어 김포공항에 도착했다. 출구를 빠져나오자 경희가 마중을 나와 기다리고 있었다. 서울로 가는 도로와 주변의 집들은 몰라보게 변하여 낯설었다. 그녀는 호텔에 들 생각이었으나 경희가 집이 비었다며 기어이 자기 집으로 데려갔다. 인아가 온다는 것을 알고, 경희의 남편은 아이를 데리고 할머니 댁으로 들어갔다. 인아가 서울에 머무는 동안 마음 편히 쉬었다 가라는 것이다. 경희 역시 인아와 함께 아호리에 갈 생각으로 휴가까지 얻었다.

13. 다시 거치는 피란길

인아와 경희는 토스트에 우유 한 잔씩을 마시고, 아호리에 가기 위해 아침 일찍 차에 올랐다. 식사는 가다가 휴게소에 들러 다시 하기로 했다. 그들은 함께 있을 때 이왕이면 피란길을 거쳐보고 싶었다. 고속도로를 벗어나 국도로 들어섰다. 지형이 낯설어 길을 제대로 찾을 수 있을지는 모르는 일이다. 어렴풋한 기억으로는 수원을 지나 장호원 쪽으로 간 듯했다. 그 길을 찾아야 한다. 인아는 산과 들을 가늠하며 지형을 유심히 살피고 있었다. 도로변에 외따로 떨어진 휴게소 하나가 눈에 선뜻 띄었다. 경희는 아침 식사나 하고 가자며 차를 그곳으로 들이댔다. 안으로 들어서 경희가 식사를 주문시키러 간 사이, 인아는 창가에 앉아 밖을 내다보고 있었다. 저 건너 산기슭에 있는 마을이 낯익어 보였다. 담으로 둘린 덩그런 기와집이 피난 때 들러 묵어가던 그 집이 틀림없었다.

그해 한겨울, 엄마와 동생 민우 셋이서 영등포역을 떠나 터덜터덜 남쪽을 향해 걸어갔다. 길녘 곳곳에는 부서진 건물의 잔해가 흉물스럽게 널려 있었다. 날이 저물어 어디에선가 하룻밤을 자고 나온 듯한데, 하루하루가 같은 날이어서 그곳이 어디인지는 분명하지 않았다. 자고 일어나 어제와 같은 하루가 시작되었다. 한나절이 지나갈 무렵 동생은 발이 부르터 걷지 못하겠다며 투덜거렸다. 발이 부르튼 것은 그만이 아니었다. 모두가 매 마찬가지였다. 그때 찾아든 곳이, 저 마을 저 집이다.

지붕에 덮인 묵직한 기왓장에는 오래 묵은 이끼가 끼어 있었고, 장독대에는 묵직한 항아리들이 옹기종기 놓여 있었다. 주인이 집을 비우고 떠난 지 오래되지 않아, 광에는 먹다 두고 간 쌀과 보리쌀이 질그릇 속에 푸짐히 남아 있었고, 헛간에는 온갖 세간들이 흐트러져 있었다. 먼저 거쳐 간 사람들의 손길이 닿은 흔적도 곳곳에 보였다.

"지금 무엇을 그렇게 바라보고 있는 거냐?"

경희는 밥상을 들고 돌아와 말했다.

"저기 산 밑에 있는 마을 보이지? 나무가 둘러선 저 기와집이 피난 때 들러 묵어갔던 곳이야."

"그럼, 피란길을 제대로 찾은 거냐?"

"그렇단다. 저 집에서 부르튼 발이 낫기를 기다리며 대여섯 밤은 묵었을 거야. 아침에 일어나니 밤사이 눈이 하얗게 내렸더군. 마을 골목에 중공군이 가까이 왔다는 소문이 뒤숭숭하게 떠돌지 않았겠어? 우리는 봇짐을 챙겨 서둘러 저 집을 빠져나왔단다. 큰길로 들어서니 사람들의 발걸음이 전에 없이 빨라지더군. 그 큰길이 지금 우리가 있는 이 길이 아니겠어? 30분도 채 가지 않아 나직한 산모퉁이를 돌아가는데, 갑자기 건너편 언덕에서 포탄이 줄줄이 산으로 날아들지 뭐야? 눈 속에 중공군이 옷을 하얗게 뒤집어 입고 산에 숨어 있었던 거야. 건너편에 잠복해 있던 유엔군이 그것을 알고 포탄을 퍼부었단다. '쾅, 쾅' 소리와 함께 얼어붙은 땅에 흙덩이가 하늘로 치솟더군. 거기에다 비행기들이 갑자기 나타나 기총 사격을 해대지 뭐야. 그런데 다급해진 중공군들의 일부가 피난 대열로 끼어든 거야. 숨을 곳이라고는 앙상하게 얼어붙은 나뭇가지와 돌 더미가 전부였어. 아무 데나 엎드려 요행을 바랄 수밖에 없었지. 한바탕 소란이 끝나고 민우에게 달려갔지만, 소용이 없었어. 그는 이미 피투성이가 되어 쓰러져 있지 않았겠어? 엄마가 옷을 찢어 상처를 동여맸지만, 피가 천 밖으로 벌겋게 배어 나오더군. 엄마와 나는 죽어 가는 민우를 바라보며 할 수 있는 일이라고는 아무것도 없었단다. 그런데 얼마 후 민우의 손이 들리면서 파르르 떨리지 않겠어? 지워진 세상이 다시 흐릿하게 드러나고 있었던 거야. 그때야 엄마는 민우를 등에 업고 막연히 길을 나서더군.”

“인아야, 우리 식사나 하고, 가면서 이야기하자꾸나.”

경희는 말했다.

휴게소를 떠나 채 10분도 되지 않아, 갑자기 인아의 손이 번쩍 들리며 산자락을 가리켰다.

“저곳이야.”

인아는 파랗게 질린 얼굴로 말했다.

경희가 차를 세우려고 멈칫거리다가, 머리를 설레설레 내젓는 인아의 모습을 보고 그곳을 그냥 지나쳤다. 인아는 현장을 보는 순간 그때의 광경이 머릿속을 휘둘러 온몸이 부들부들 떨리었다.

엄마는 민우를 업고 그곳을 떠나, 응급치료라도 받을 곳이 없을까 하고 주위를 두리번거렸다. 마을이 보이지 않았다. 민우는 엄마 등에서 아픔을 참지 못해 버르적거렸다. 한나절이 다 되어 갈 무렵, 헐벗은 산자락에 자리한 제법 큰 마을이 보였다. 다행히 그곳에서 동네 돌팔이 의원을 만났다. 그는 우선 금계랍이나 아스피린을 먹여 통증과 열을 낮추고 상처 부위를 소독한 후, 쑥으로 뜸질했다. 상처를 꿰매어야 했지만, 그가 그것까지는 할 수 없었다. 우리는 그렇게 하는 것만도 천만다행으로 여기고 있었다. 며칠이 지났다. 마냥 그러고 있을 수만은 없었다. 엄마는 의원으로부터 그 마을에 마부가 살고 있다는 이야기를 듣고 그를 만났다.

그는 장작이나 솔가리를 마차에 싣고 읍내에 내다 팔거나, 장날이면 남의 짐을 실어 날라 주곤 하는 사람이다. 그런데 그도 난리를 만나 하릴없이 쉬고 있었다. 가끔은 땔감을 주우러 산을 오르내리거나, 아니면 집 안에서 빈둥거리다 주막이나 드나들곤 했다. 엄마는 의원을 앞세워 마부를 설득해 아호리까지 함께 가기로 했다.

마부는 다음 날 이른 새벽 마차를 마당에 들이댔다. 평상에는 멍석자리가 깔려 있고, 그 위에 두툼한 담요와 이부자리까지 덧씌워 놓았다. 마부는 환자를 위해 세심한 신경을 기울였다. 먼동이 트기 전에 그곳을 떠났다. 길가에는 깡마른 풀들이 바람에 떨리며 사각거렸고, 말은 익숙한 네 굽으로 새벽길을 정확히 찍어댔다.

마부는 지금 어떻게 살고 있을까?

인아는 그 마을을 찾고 있었지만, 지나친 듯 분간이 가지 않았다. 인아와 경희는 이화령고개를 오르고 있었다. 하지만 민우를 태우고 한밤에 넘던 그런 고개가 아니었다. 길은 포장이 되어 넓어졌고, 계곡에는 나무들이 빽빽이 들어서 계곡의 깊이를 알 수 없었다. 지난날 마차를 이끌고 넘던 고개는 앙상한 수풀이 찬바람에 할퀴며 괴상한 소리를 내고 있었다. 민우의 앓는 소리와 흡사했다. 그때 엄마는 자기의 손을 꼭 포개 잡고 눈물을 지었다. 기댈 피붙이라고는 자기밖에 없다는 것을 인아는 알고 있었다.

자정이 가까워질 때 산마루에 이르렀다. 마부는 잠시 마차를 세우고, 담배설대를 꺼내 살담배를 담배통에 채워 넣고 빨부리를 물었다. 저 멀리 어둠의 무덤 같은 계곡에 흐릿한 불빛이 안개에 가린 듯 검붉게 깔려 있었다. 마부는 손을 들어 가리키며 저곳이 경상도라고 말했다. 산을 굽이굽이 내려 그곳을 지날 때는 새벽 2시가 넘어섰다. 집들이 불에 그슬리어 앙상한 뼈대만 보였다. 계곡을 내려설수록 눅눅한 석탄 냄새가 코를 찔렀다.

14. 엄마가 없는 텅 빈 아호리

인아와 경희는 그 깊은 계곡을 빠져나왔다. 멀리 아호리 마을을 두르고 있는 산들이 눈에 선뜻 들어왔다. 인아는 엄마가 없는 쭉정이 같은 마을에 들어설 생각을 하니, 가슴이 써늘했다. 벌써 마을 앞을 흐르는 강물이 눈앞에 성큼 다가왔다. 나룻배를 띄우던 뱃길은 간 곳이 없고, 강물 위에는 원형 교각으로 세워진 시멘트 다리가 새로 놓였다. 강나루에 있던 황 털보의 집은 자취 없이 사라졌다. 한밤에 강을 건너려다 삿대를 놓친 곳이 바로 이곳이다. 마을로 오르는 방죽은 평탄한 농로로 바뀌었고, 물가에 거대한 제방이 새로 들어섰다. 이 들판을 개간할 때, 인아는 지나는 길에 방죽에 서서 불도저가 분주히 오가는 모습을 보고 있었다. 초겨울 진눈깨비가 어설프게 내리고 있을 때이다. 불도저 기사는 제방을 쌓기 위해 바닥의 흙을 긁어 강가로 밀어냈다. 그는 마치 신대륙을 개척하는 사람처럼 들판의 흙을 이리저리 헤집고 다녔다. 마을 사람들이 대대로 누리던 샛강도, 갈대밭도, 밭두둑의 나무들과 원두막도, 그곳에 얽힌 추억들도 사라지고 있었다. 모든 것이 자취를 감추었고, 개간한 들판에는 무와 배추 등 채소들과 윗머리에 과일나무들로 가득했다. 여자들이 밭 곳곳에 쭈그리고 앉아 뭔가를 하고 있었다. 어쩌면 대부분이 아는 사람들이겠지만, 머리에 수건을 씌우거나 챙 넓은 모자를 눌러 쓰고 있어 알아보기가 쉽지 않았다. 알아본다 해도 대할 낯이 없어 차를 세우고 인사할 처지가 아니었다. 못 본 채 그냥 마을로 올랐다.

초가집들은 지붕을 슬레이트로 갈아입었고, 지붕의 빛들이 바래어 삭은 벌집처럼 앙상했다. 인아의 시선은 선득 자기의 집으로 가 꽂혔다. 차가 곧 집 앞에 가 멈춰 섰다. 그들은 가족이 없는 빈집에 선뜻 들어설 엄두가 나지 않았다. 경희는 아예 차에서 내릴 생각조차 없었다. 인아는 잠시 망설이다가 차에서 내려 마당으로 들어섰다. 사람의 발길이 끊겨 자기 키만큼이나 커다란 풀들이 마당에 빼곡히 들어섰다. 인아는 풀들을 갈라 제치며 마루로 올라섰다. 사방에 희뿌연 먼지가 덕지덕지 들러붙었고, 거미줄이 실타래처럼 뒤얽혀 곳곳에 늘어졌다. 쥐들은 마루 구석에 구멍을 뚫어 드나드는 통로를 만들었다.

방으로 들어갈 엄두가 나지 않아 마루에서 내려와 뒤란으로 들어갔다. 뒷벽에 비바람이 들이치면서 흙이 씻겨 내려, 나무오리와 댓가지가 앙상하게 드러났다. 거기에 덩굴손이 기어오르다가 말라붙어 위장망을 덧씌워 놓은 듯했다. 장독대에 옹기종기 모여 앉았던 항아리들이 모두 어디로 가고, 금이 가거나 구멍이 뚫린 몇 개가 아무 데나 굴러다녔다. 닭장 옆에 쌓아 두었던 장작더미가 삭아 내려, 풀에 묻혀 거름더미가 되고 말았다.

인아는 뒤란에서 되돌아 나와 부엌으로 들어갔다. 살강에 얹힌 밥상이나, 찬장에 들었던 그릇들은 간 곳이 없었다. 살림을 털린 찌부러진 여닫이문만이 힘겹게 매달려 있었다. 인아는 안방으로 난 쪽문을 통해 방으로 들어섰다. 엄마의 손때가 묻은 가구와 이부자리가 아무렇게나 흐트러져 있었다. 누군가 들어와 살림을 뒤진 것 같기도 하고, 아니면 잠자리 잃은 나그네가 들어와 자고 간 듯도 했다. 방바닥에 빛바랜 사진들이 여기저기 흩어

저 굴러다녔다. 그중 하나는 할머니가 민우의 손을 잡고 앉아 있고, 아빠, 엄마가 자기의 어깨에 손을 얹고 그 뒤에 서 있었다. 그녀는 사진 몇 장을 주워 주머니에 집어넣었다. 그리고 방에서 나와 마루를 건너 자기 방으로 들어갔다. 그 안에 습기가 차 눅눅했지만, 빛바랜 도배지나 자기가 쓰던 책상, 등잔걸이 등 모든 것이 그대로 있었다. 책상 서랍을 열어젖히자 공무원 발령 통지서가 주인을 기다리듯 고문서처럼 누렇게 떠 있었다.

인아는 집을 나와 차를 그대로 둔 채, 경희와 함께 이모네로 갔다. 개들이 그들을 보고 요란하게 짖었다. 그 소리에 방 안에 있던 이모가 문을 펄쩍 열고 밖을 내다보다가, 인아가 불쑥 들어서자 허겁지겁 맨발로 뛰쳐나왔다.

"이게 누구로, 인아 아니냐? 부모가 이 모양이 되도록 어디 갔다, 이제 돌아왔어?"

이모는 한껏 불편한 심기로 말했다.

"이모, 죄송해요."

"죄송하다니? 그래, 왜 그렇게 되었어?"

이모는 잔뜩 찌푸린 얼굴이다.

경희는 옆에 서서 보다 못해 내일 다시 오겠다며 읍내로 들어갔다. 이모는 성급히 인아를 방으로 끌어들였다.

"그래, 어떻게 살았어?"

인아는 그동안 있었던 일들을 그대로 말하기 시작했다. 어떤 이유로 그날 밤 집을 떠났으며, 강을 건너려다 어떻게 되었고, 서울에서 프랑스에 가게 된 이유를 자세히 이야기했다. 그런데 수이에 관한 이야기는 차마 할 수 없었다. 이모는 이야기를 들으면서 인아가 어려운 대목을 맞을 때마다, 그녀가 가여워 한숨을 내쉬기도 하고, 혀를 끌끌 차며 고개를 끄덕이기도 했다. 이제 엄마, 아빠가 어떻게 살다 갔는지 당신이 말해야 할 이야기가 너무 기막혀, 잠시 인아를 물끄러미 바라보며 숨을 고르고 있었다. 그러다 결심이라도 선 듯 말을 꺼내기 시작했다. 정신없이 이야기하다가 한창 힘든 대목을 말하고 나서는, 그러니 엄마가 얼마나 속이 상했겠어 하고 추임새를 넣기도 했다. 인아는 경희에게 들은 것은 있어도, 엄마 아빠가 어떻게 살다 갔는지는 처음 듣는 이야기다. 가슴이 터질 것만 같아 마냥 듣고만 있을 수가 없었다. 당장 산소에 들리어 무릎 꿇고 싶은 생각밖에 없었다.

인아는 이모를 서둘러 일으켰다. 마을 앞을 지나면서 혹여나 자기를 바라보는 사람이 없을까 하여, 이모의 뒤를 바짝 따라붙었다. 영주댁 집 앞을 지나고 있을 때이다. 헛간 곁에 몸을 쭈그리고 앉아 콩깍지를 까불리고 있는 여자가 영주댁이 틀림없었다. 인아는 마음이 짠했다. 엄마와 그렇게도 가까이 지내던 사이었다. 소싯적 우아하던 옛 모습은 어디로 가고, 머리가 희끗희끗한 할머니가 되어 있었다. 인아는 당장 그녀를 만나 인사를 드릴 여유가 없었다. 밤에 찾아뵙기로 하고 고개를 숙여 그냥 지나쳤다.

밭으로 오르는 옛길은 풀들이 무성하여 흔적 없이 사라졌다. 젊은 사람들이 도시로 빠져나가면서, 산기슭에 있는 땅들이 묵어서 오르내리는 길마저 없어졌다.

피난을 오던 그해이다. 엄마는 민우를 이 골짝에 묻고 그를 잊지 못해, 무덤 아래에 있는 밭 한 뙈기를 사들였다. 민우 생각이 날 때마다, 밭으로 나가 호미로 땅을 긁으며 맺힌 한을 삭이곤 했다. 그 밭이 바로 저 앞에 있는 풀밭이다. 인아와 이모는 표석 하나 없는 묏자리로 들어섰다. 엄마, 아빠의 무덤이 민우의 무덤 뒤에 나란히 놓였다. 수풀에 가려 초라하기 그지없었다. 인아는 엄마, 아빠 뫼 앞에 다가가 무릎을 꿇고 고개를 떨구었다. 설움이 북받쳐 눈물이 쏟아졌다. 이모는 인아의 그런 모습을 보지 않으려고, 아예 산나물 뜯는 척 멀찌감치 떨어져 겉돌았다.

"어디서 무엇을 하다 이제 돌아왔어?"

아빠의 풀죽은 목소리가 들렸다.

"인아야, 슬퍼하지 마라. 너의 탓이 아니다."

엄마의 목소리다.

인아의 입술이 파르르 떨렸다. 인아는 일어나 민우의 무덤으로 갔다. 행복했던 때가 눈에 가득했다.

토요일 오후 마당에는 고추잠자리들이 극성을 부리고 있었다. 민우는 아빠를 따라 낚시를 가지 못해 안달이 났다. 낚싯배를 저어 줄 사람이 없었다. 그는 누나가 학교에서 돌아오기만을 기다리고 있었다. 집으로 들어서기 바쁘게 민우의 성화에 못 이겨 아빠를 따라 강으로 나갔다. 아빠는 배를 띄워 삿대를 자기에게 넘기고 낚싯대를 펼쳐 들었다. 그러자 민우도 아빠를 따라, 같은 자세를 취했다. 시간이 지나도 피라미들이 입질만 할 뿐, 큰 고기는 얼씬도 하지 않았다. 민우의 표정이 심드렁했다. 지루하여 정신을 다른 데 팔고 있을 때이다. 갑자기 낚시 끝대가 물속으로 곤두박질치면서 낚싯대가 끌려가고 있었다. 아빠가 낚싯줄을 던져 넣어, 민우의 낚싯대를 얽어 끌어들였다. 40cm도 넘는 쏘가리가 걸려든 것이다. 아빠와 민우의 몸가짐이 달라졌다. 먹이를 노리는 사자의 형상을 하고 찌를 뚫어지게 바라보고 있었다. 그 순간 아빠의 낚싯대가 하늘로 치켜 들렸다. 팔뚝보다 더 큰 가물치가 걸려들었다. 그 뒤에도 또 물렸다. 살림망에 고기가 그득했다. 아빠는 고개를 갸웃거리며 이렇게 큰 고기가 연거푸 물리기는 처음 있는 일이라고 했다.

해가 산등성에 걸려 기웃거렸다. 왜가리 몇 마리가 강물 위를 날아다니며 상황을 살피다 건너편 모래밭에 가 내려앉았다. 그들은 목을 빼 들고 자기들이 있는 곳을 넘겨다보고 있었다. 먹이를 흘리고 빨리 집으로 돌아가라는 독촉과도 같았다. 아빠가 그 눈치를 모를 리 없었다. 낚시 도구를 거둬들이며, 잔챙이 몇 마리를 물가에 던져 놓았다. 왜가리 한 놈이 움츠렸던 다리를 펴 세우고 목을 대자나 빼 들었다. 그러자 다른 놈들이 일제히 머리를 치켜들고 비행할 준비를 했다.

마을로 들어서는 민우의 어깨에 힘이 가득 들어갔다. 자기가 잡은 고기가 자랑스러웠다. 지짐질 냄새가 담 밖까지 풍겨 나왔다. 그날 밤 아빠는 매운탕을 끓여 놓고 마당으로 이웃 사람들을 불러들였다. 술잔이 오가며 처음에는 민우의 낚시 솜씨를 치켜세우는가 하더니, 우리 딸 인아가 관내 글짓기 대회에서 최우수상을 받았다고 자랑을 늘어놓았다. 마당에는 웃음소리가 가득했다. 그런데 그날 밤이 6·25의 전야가 될 줄이야 누가 알았겠는가?

이모는 산도라지 몇 뿌리를 캐 들고 인아의 곁으로 왔다. 그들은 묘역에 나란히 앉아 침울한 표정으로 잠시 말이 없었다. 그러다 이모는 에둘러 이 골짝에 얽힌 전설 같은 이야기를 하기 시작했다.

그 위 산자락에 절이 있어서 이 골짜기를 '절골'이라 부른다. 마을에 한 선비가 살고 있었는데, 과거에 몇 번 떨어지자 과거를 포기하고 이곳 절에 들어와 중이 되었다고 한다. 그 당시 이 아랫마을에 타성바지 한 집이 살고 있었다. 그런데 그 집 며느리가 서너 해가 지나도 아이가 들어서지 않자, 틈나는 대로 이곳 절을 오르내리며 불공을 드렸다. 하루는 이른 새벽 목욕재계하고 정갈한 옷차림으로 집을 나섰는데, 생각지도 않게 이슬비가 부슬부슬 내렸다. 그녀는 이런 비 따위는 안중에도 없이 절로 올라 불상 앞에 가 엎드렸다. 젖은 옷 속의 하얀 피부가 겉으로 비치었다. 어쩌다 스님의 시선이 그곳을 지났다. 그리고 그녀의 새까만 눈동자와 마주쳤다. 신앙이 한순간에 맥없이 무너졌다. 그로부터 여자는 아이를 가졌고, 그 사실은 두 사람만이 아는 일이었다. 얼마 후 스님은 법의를 벗어 던지고 행방을 감추게 되었고, 뒤따라 여자의 행방까지 묘연해졌다. 그렇게 한 세대가 지나가고, 고향을 찾아든 젊은이가 있었으니, 그가 바로 성준의 할아버지다. 이모는 에둘러 이런 이야기 하면서 인아를 달래고 있었다.

어느새 해가 꼬리를 감추고 어둑해지고 있었다. 골짜기에 스산한 바람기가 일어 나지막한 갈나무 잎들이 사각거렸다. 산을 내려 집으로 들어서자 이모부와 영주댁이 마루에 걸터앉아 그들을 기다리고 있었다.

"이게, 인아 아이라! 무얼 하다 이제 왔어?"

이모부가 언짢은 어투로 말했다.

"죄송해요, 이모부님."

"그래, 너 지금 어디 있나?"

"스트라스부르에 있어요."

"스트라스부르라니?"

"프랑스요."

"그런 줄은 알고 있었다만, 도시 무슨 연락이 있어야지?"

"죄송해요, 이모부님."

인아는 뒤늦게 영주댁의 손을 잡으며 흐르는 눈물을 감추지 못했다.

저녁을 먹고 밤늦게 영주댁이 집으로 돌아간 후였다. 이모는 고미다락으로 올라가 커다란 가방 하나를 들고 내려왔다. 모양새 보아 엄마가 쓰던 가방이라는 것을 인아는 한눈에 알아볼 수 있었다. 이모는 가방을 인아에게 내밀며, 엄마가 맡기고 간 것이라고 말했다. 테이프로 감기긴 했으나 오래되어 부푸러기가 일었다. 인아는 그 안에 무엇이 들었는지 궁금했지만, 이모부 앞에서 열어볼 엄두가 나지 않았다. 그렇다고 이모가 성의껏 보관해 온 것을 밀쳐놓을 수도 없었다. 잠시 머뭇거리다 가방을 열어젖혔다. 그 안에는 자기가 있을 때 혼숫감으로 사들인 양단과 우단, 엄마가 지니던 패물, 선대로부터 물려받은 열쇠 꾸러미가 그대로 고스란히 들어 있었다. 가방 안쪽 주머니에는 서류를 넣은 듯한 봉투도 있었다. 인아는 선뜻 엄마가 남긴 유서일 것이라는 생각이 들었다. 하지만 무슨 내용이 있는지도 모르고 당장 뜯어 펼칠 수가 없었다. 대단치 않은 양 그것을 꺼내 핸드백에 접어 넣었다.

밤이 이슥하여 이모부가 사랑방으로 내려간 후에도, 이모는 이부자리에 누워 그동안 당신이 어떻게 살아왔으며, 집집이 어떻게 살고 있는지 밤 가는 줄 모르고 이야기했다. 그러다 어느 순간 말꼬리를 흐리며 잠이 들었다. 아침에 잠이 깨일 때는 외양간 횃대에 앉은 수탉들이 홰를 치며 울어댔다. 아직 이른 새벽이다. 이모는 벌써 부엌에 나가 밥을 짓고 있었다. 인아는 얼른 핸드백에 넣어 두었던 봉투를 꺼내 펼쳐 들었다.

15. 엄마가 남긴 유서

사랑하는 딸에게

인아야, 너를 두고 이렇게 떠나게 되어 가슴이 아프구나. 네가 집을 떠났을 때, 나는 너를 원망하기는 했어도 너의 마음을 이해하고 있었단다. 곧 돌아오리라 생각했었지. 스트라스부르로 간다는 편지를 받고 나는 네가 얼마나 자랑스러웠는지 모른다. 너는 우리에게 늘 그런 딸이었어. 앞으로도 그렇게 살아가리라 믿고 있다.

아빠, 엄마가 삶을 조금 당기기는 했어도 네가 괴로워할 일은 아니다. 아빠가 어렵사리 북에서 탈출하여 남쪽으로 왔는데, 기관에서 조사를 받느라 치유할 수 없는 상처를 입게 되었단다. 밤이 오면 정체 모를 사람들이 집 주위를 감시하고 있는 것 같은 착각을 일으켜, 잠을 제대로 이룰 수가 없다고 하더구나. 거기에 민우까지 그 모양이 되었으니, 삶에 대한 무슨 애착이 있었겠느냐? 하루하루 사는 게 고통스럽고 지겨웠단다. 하지만 엄마 때문에 눈을 감을 수가 없다고 하더구나. 그건 내가 하고 싶은 말이었어. 어쨌든 고통이 없는 저세상으로 가는 것이

니 네가 괴로워할 일은 아니다. 아빠, 엄마의 영혼을 달래 주고
싶은 마음이 있다면, 그것은 네가 슬픔을 떨치고 굳세게 살아
가는 것이다.

그리고 아빠가 생전에 소중히 여기시던 물건들을 강포리 집 뒤
란 땅광에 갈무리해 두었단다. 할머니가 피난을 떠나시지 않겠
다고 고집을 부리신 것도 그것 때문이었어. 아빠의 부탁이니
때가 오면 찾도록 하여라.

-너를 사랑하는 엄마가-

인아는 정신이 나간 사람처럼 멍하니 있다가 이모 몰래 집을 빠져나갔다.
아직 어둠이 걷히기 전이다. 자기 집 가까이에 있는 너럭바위로 갔다. 한
창 감수성이 예민할 때 자주 나와 섰던 곳이다. 실개천 어디에서 흐르는
여린 물소리가 들렸다. 학교 다닐 때 일들이 피부가 시리도록 떠올랐다.
엄마는 딸의 밥을 지으려고 새벽에 일어나 부엌으로 들어갔다. 덜 마른 나
뭇가지를 아궁이에 처질러 넣고 입으로 훅훅 불었다. 어둑새벽에 굴뚝을
타고 나오는 연기는 걸쭉하게 하늘로 피어올랐다. 그렇게 서둘러 한 밥을
먹고 집을 나서면, 풀잎에 내린 아침 이슬이 신발을 축축이 적셨다. 혹여
나 학교에 늦지 않을까 하여 내내 종종걸음쳤다. 어느새 도시락에서 질척
한 장아찌 국물이 책가방 밖으로 번졌다. 그때가 그래도 행복했었다.

인아는 늘어진 어깨를 추스르며 이모네 집으로 돌아왔다. 아침 식사가 끝
나면 집 안에 있는 가구들을 꺼내 불태워 버릴 생각이다. 이모부 역시 그
렇게 하는 것이 좋겠다며 서둘렀다. 경희가 아침 일찍 읍내에서 나왔다.

그녀는 인아와 함께 가까이 있는 명승지나 둘러보며 하루를 보낼 생각이었으나, 인아의 사정이 그게 아니었다. 그들 모두가 인아의 집으로 갔다. 간간이 서늘한 바람기가 일었다. 그들은 온갖 세간들을 꺼내 집터서리로 날랐다. 영주댁도 그 기미를 알고 찾아와 거들었다. 인아는 성냥을 그어 옷더미에 불을 댕겼다. 불길이 금세 바람에 이글거리며 허공으로 솟았다. 그녀는 주머니에 넣어 두었던 사진들을 꺼내 불길 속에 던졌다. 사진 속에 깃들었던 가족의 잿빛 영혼이 하늘로 치켜 올랐다. 인아의 얼굴이 파랗게 질렸다. 하늘에 조각배처럼 겉돌고 있던 한 조각의 구름이 기다리고 있었듯 가족을 싣고 사라져 갔다.

"엄마, 이 세상 억울해서 어떻게 떠나요?"

인아는 설움에 겨워 울부짖었다.

"딸아, 슬픔을 떨쳐라."

엄마는 아스라이 사라지며 말했다.

16. 강포리 고향을 찾아서

인아가 이제 부모를 위해 할 수 있는 일은 아무것도 없었다. 강포리를 찾아가 자기들의 토지를 알아보고, 땅광에 있는 유품을 찾아내는 것이, 그나마 유일했다. 경희가 함께 있을 때가 아니라면, 혼자 돌아다니기란 엄두를 내기 힘든 일이다. 인아는 경희의 차에 올라 아호리를 빠져나왔다. 경희를 옆에 앉혀 놓고 서울로 가는 내내 유품에 대한 아슴푸레한 기억을 더듬고 있었다. 대를 이어 물려받은 자기류나 돌도끼 같은 것들, 할아버지가 사랑방에서 쓰시던 커다란 청동화로는 표면에 아늘아늘한 무늬가 새겨져 있었다. 곡선을 이룬 세 개의 발이 그 밑을 받치었다. 그리고 엄마가 시집올 때 가져왔다던 화로도 평범한 것은 아니었다. 겨울이면 그것은 늘 안방에 놓여 있었다. 어렴풋하기는 했어도 은으로 된 가로띠가 몸통에 감기고, 나무 아래 오리가 놀고 있었지 싶다. 그런데 그런 것들이 어느 날 갑자기 사라졌다. 나중에서야 알게 된 것이지만, 일본 관리들이 병기를 만들기 위해, 쇠붙이로 된 것들은 그것이 무엇이든지 간에, 거두어 갔다고 한다. 아빠는 틀림없이 그것들을 땅광에 옮겨 갈무리했을 것이다.

그들은 서울에 올라와 이튿날 아침 일찍 집을 떠났다. 하늘은 구름이 끼어 찌뿌드드했다. 서울을 벗어나 북쪽으로 갈수록 느즈러진 집들이 엉성했다. 사거리에 선 이정표가 갑자기 길을 꺾었다. 그들은 핸들을 꺾어 산간 지방으로 들어섰다. 한가한 골짝에 군인 막사들이 가끔 눈에 띄었고, 그 주위에는 몇 사람의 군인이 어슬렁거렸다. 살벌한 느낌이 피부에 감돌았다. 갑자기 거대한 산맥이 앞을 가로막았다. 몇 번이나 굽잇길을 돌아올라, 등마루에 이르렀다. 푯말에 매달린 피켓 하나가 선뜻 눈에 들어왔다. 산을 알리는 표지판이다. 인아는 그제야 자랄 때 집에서 멀리 내다보이던 산이라는 것을 알았다. 산 계곡을 따라 내렸다. 들이 잠깐 펼쳐지다가 곧 강물이 앞을 가로막았다. 인아는 이 강물이 자기들 마을 앞으로 흐르는 강물이라는 것을 알 수 있었다. 어릴 때 가족이 배를 타고 나들이하던 생각이 어렴풋했다.

초등학교 2학년 때이다. 가족이 외갓집에 간다며 낚싯배를 타고 이 강을 거슬러 올랐다. 그때가 아마 외할아버지 생신이었을 게다. 배에는 집에서 부쳐 온 쇠고기 누름적과 고물 묻힌 인절미, 할머니가 가게에서 사 온 빵과 과자들이 푸짐하게 실려 있었다. 대부분 외갓집에 가져다주려고 준비한 음식이었지만, 가족이 가면서 먹을 것은 따로 챙겨 두었다. 엄마는 수시로 먹을 것을 꺼내 우리에게 나눠 주었고, 아빠는 흥에 겨워 노를 저으며 '어기야 디야, 어기야 여차.' 하고 콧노래를 부르기도 했다. 한때 완벽했던 하루였다.

인아와 경희는 다리를 건넜다. 전에 없던 마을이 새로 들어서 낯설었다. 실향민들이 고향 가까이 살고 싶어 모여든 마을이라고 한 노인이 말했다. 이곳에서부터 영농출입허가 지역이다. 한가한 들에는 사람 하나 보이지 않았고 농작물만 졸고 있었다. 갈수록 몸이 으스스했다. 초소에 있는 초병의 총구가 자기들을 노리고 있는 것 같았다. 잠시도 경계심을 늦출 수가 없었다. 드디어 저 멀리 강포리 들녘이 눈앞에 선뜻 들어왔다. 경희는 인아가 받을 충격을 염려하여 차를 천천히 몰았다. 강포리가 가까워지자 인아의 표정이 점점 굳어졌다. 마을은 간곳없고, 폐허가 된 집들의 자리에는 인삼, 콩, 고추, 율무 같은 농작물이 바들거렸다. 그들은 황량한 나대지에 차를 세웠다. 각지에서 모여든 사람들로 바글거리던 장터이다. 도로변 밭두둑에 세워진 푯말에 달린 표지판 하나가, 간신히 이곳이 강포리라는 것을 알리고 있었다. 난리가 나기 전 주변의 소도시들과의 거리를 알리던 이정표이다. 인아는 주위를 겨누며 자기들의 집이 들어섰던 자리를 대중해 보지만, 어림이 가지 않았다. 강 언저리에 나가 섰다. 허우대가 거창하던 도당나무는 포화를 당하지 못해 간곳없고, 그을린 화석처럼 밑둥치만 시커멓게 남아 있었다.

해방을 맞던 해, 강포리 사람들은 오랜만에 이 도당나무 아래서 도당굿 행사를 벌였다. 전국 각지에서 많은 무속인과 구경꾼들이 모여들었다. 도당나무 아래 제단에는 햇곡으로 빚은 시루떡을 비롯한 음식과 과일들이 푸짐하게 차려졌다. 남녀 무당들이 무복에 주립과 흑립을 쓰고 개성 권번에서 나온 기녀와 어울려 한바탕 굿을 벌였다. '박연폭포 흘러가는 물은~' 하고 멋들어지게 개성난봉가를 부르면, 무악과 춤이 함께 어우러져 흥을 한창 돋운다. '높은 산에 눈 날리듯~' 하고 연이어 창부타령이 굿거리장단에 맞추어 흘러나왔다.

인아는 자기들 집터를 알아내려고 사방을 겨누며 두리번거렸다. 하지만 농지개량으로 불도저가 땅을 헤집어 가늠이 가지 않았다. 그녀는 나루터를 기점으로 집의 위치를 가늠해 보려고, 경희를 자기대로 두고 강나루로 갔다. 피난을 떠날 때 광경이 눈앞에 가득했다.

중공군이 평양에 들어왔다는 소문이 떠돈 것은 12월 초였다. 그해의 겨울은 유난히 춥고 눈이 많이 내렸다. 엄마는 그 전부터 두두룩한 방한복과 벙거지 장갑, 모자, 버선 등을 만들고 있었다. 일정한 치수도 모양도 없는, 오직 추위를 견뎌내기만 하면 되는 것이었다.

마을 앞 도로에는 하루가 다르게 남쪽으로 가는 피난민들이 줄을 잇고 있었다. 소달구지에 짐을 싣고 그 뒤를 따르는 사람들, 보자기나 륙색에 짐을 꾸려 어깨에 걸쳐 멘 사람들, 머리에 보따리를 올리고 아이의 손을 잡고 걸어가는 여자들 등등, 행렬은 뒷산 마루에서 강 건너 허허벌판으로 이어졌다. 자기들이 피난을 늦게 떠나게 된 것은, 할머니가 가축과 살림살이를 두고 집을 떠나지 않겠다고 고집을 부리신 것도 있지만, 압록강까지 갔던 국군과 유엔군이 그렇게 쉽게 물러나지 않으리라는 미련이 없었던 것도 아니다. 끝내 할머니의 고집이 꺾이지 않아, 하는 수 없이 할머니를 두고 떠나기로 했다.

아침 일찍, 엄마, 아빠는 취사도구, 식량, 이부자리, 덧입을 옷들, 무명 자루에 미숫가루까지 챙겨 소달구지에 실어 놓은 후, 식사하면서 모두가 할머니의 표정을 살폈다. 그러다 아빠는 마음을 굳힌 듯 일어나 쇠죽을 거둬들이고, 소등에 길마를 씌워 고삐를 바투 잡았다. 소가 눈을 희멀겋게 굴리며 달구지를 끌기 시작했다. 사방에 눈발이 희끗희끗 날리고 있었다. 할머니가 나루터까지 배웅을 나왔다. 할머니는 가족이 여울목을 건너는 것을 보면서 강 언덕에 서서 꿈쩍도 하지 않았다. 할머니의 머리 위에 눈꽃이 하얗게 내렸다. 엄마, 아빠가 집으로 돌아가시라고 연거푸 손을 내저었지만, 할머니는 꿈쩍도 하지 않았다. 그러다 하는 수 없이 돌아서서 집으로 가려다 피난민과 부딪혀 넘어지고 말았다. 할머니는 일어나지 못했다. 급기야 엄마, 아빠가 달구지를 팽개치고 달려갔다. 아빠가 할머니를 등에 업고 집으로 돌아가는 모습이 마지막이었다.

인아가 그러고 서 있는 모습을 보다 못해 경희는 그녀의 곁으로 갔다. 난데없는 황 돛단배 한 척이 강 상류 저 건너 석벽을 따라 내려오고 있었다. 모양새로 보아 관광객을 태운 배이다. 인아와 경희의 시선이 배를 따랐다. 배가 점점 가까이 오고 있었다. 그리고 자기들이 서 있는 여울목을 기점으로 되돌아갔다.

"네 고향, 강포리가 이렇게 운치 있는 곳인 줄은 몰랐구나."

경희는 말했다.

"지금은 모두가 사라졌어. 이곳은 예로부터 풍류객들이 각지에서 찾아들던 곳이란다. 내가 자랄 때만 해도 그랬었지. 석벽을 따라 강물에 드리워진 단풍나무와 철쭉들의 일그러진 그림자들, 해가 산마루에 걸려 강물이 붉게 물들면 나갔던 배들이 줄지어 들어온단다. 하늘을 오르내리며 끼룩대는 기러기들, 초승 달빛이 여울물에 하얗게 부서질 때 강가에 늘어앉은 낚시꾼들의 모습, 그리고 어두운 밤에 조각배들이 불빛을 흘리며 고기를 잡는 모습도 장관이었단다."

인아의 이야기에 경희는 넋이 빠져 있었다. 그녀의 이야기는 이것으로 끝나지 않았다. 사라진 마을을 속속들이 들추면서 면사무소, 초등학교, 경찰 주재소, 우편물 취급소, 금융조합, 곡물 검사소, 화신백화점 영업소, 양조장, 교회 등등 그들이 위치한 장소까지 자세히 가리키며 설명했다. 경희는 이곳이 그런 곳이었다는 것도 놀랍지만, 인아의 강렬한 인상이 더욱 감명 깊었다.

저쪽 산기슭에 거적에 비닐을 덧씌운 농막 하나가 눈에 띄었다. 그곳은 전에 인아네 밭이었다. 그녀는 행여 그 안에 사람이 없을까 하는 생각에, 경희를 혼자 두고 그곳으로 갔다. 뜻밖에 한 노인이 그 안에서 수확한 농작물을 손질하고 있었다. 바로 인아가 알아볼 수 있는 노인이다. 그의 이름은 임해수, 아버지 배의 선장으로 있던 사람이다. 그녀는 노인에게 다가가 아버지의 존함이 '강규태'라고 말했다. 노인은 눈이 휘둥그레지면서 깜짝 놀라는 표정을 지었다. 인사가 몇 마디 오가기 바쁘게 그는 그녀네 땅에 관한 내력을 소상히 이야기했다. 이곳은 한때 출입 금지 구역이었고, 그 후 영농 출입 허가 지역으로 바뀌었다. 주인 없는 땅은 국가에 귀속시킨다는 말이 있어, 노인은 그녀네 땅을 자기의 명의로 등재하여 경작하고 있다.

인아는 노인이라면 이제 땅에 대해서는 신경 쓸 필요가 없었다. 한때 한집 식구와 같이 지내던 사이다. 인아는 당장 노인을 데리고 자기들이 살던 집터를 둘러보았다. 그중 한 곳이 물기가 있어 흙이 축축했다. 이곳이 우물터라고 노인은 말했다. 이것으로 집의 위치는 드러났다.

17. 성준과 다시 만남

인아는 노인을 돌려보내고 나대지를 가로질러 경희에게 가고 있었다. 승용차 한 대가 도로 위에 오고 있는 것이 보였다. 차가 그녀의 앞에 와 멈춰 섰다. 문을 열고 내려선 사람은 바로 성준이다.

"인아 씨, 안녕하세요?"

성준은 말했다.

"이게 어떻게 된 거예요?"

인아는 말했다.

"경희 씨에게 이야기 들었어요."

"그랬었군요."

경희는 전에부터 엉뚱한 데가 있었다. 이렇게 해 놓고서도 아무런 기미도 없이 시치미를 떼고 있었다. 그녀는 직장을 핑계 대고 혼자 차에 올라 서울로 떠나갔다.

인아와 성준은 물가로 내려가 석벽에 몸을 기대어 얼굴을 마주하고 있었다. 이런 만남은 전에도 흔히 있던 일이어서 어색할 것은 없었다. 그들의 이야기가 시작되었다. 성준은 그녀가 돌아오기를 기다리다 끝내 견딜 수가 없어 군에 입대하였고, 그때 마침 간부후보생 모집이 있어, 장교가 되었다. 하지만 인아가 자꾸만 떠올라 군대 생활을 제대로 할 수가 없었다.

총알받이가 되겠다고 베트남 파병을 자원하여 정글을 누볐으나, 죽기는 커녕 그 공적으로 특진만 하게 되었다. 그리고 귀국하여 근무하게 된 곳이 이 지역이다.

인아는 아직도 성준이가 믿음직했다. 그동안 자기가 살아온 이야기나, 지금 왜 이곳에 머무르고 있는지 숨김없이 말했다. 경희나 이모에게도 말하지 않았던 일이다.

"그것을 찾아 어떻게 하겠다는 복안이 서 있나요?"

성준은 다그치며 물었다.

"그럴 겨를이 없었어요."

그녀는 대답했다.

"동료가 이 지역 주둔부대장으로 있어 찾는 것이야 문제가 되지 않아요. 그것을 찾아 어떻게 소장하느냐가 문제예요."

그의 말이 맞는 말이다. 인아는 그를 만나 마음이 열리고 있었다. 시간을 좀 더 두고 생각하기로 했다. 그녀는 노인과 함께 기관을 찾아다니며, 집터에 딸린 토지의 명의를 인아의 앞으로 바꾸어 놓았다. 사람들이 뜻하지 않게 토지를 다른 용도로 파헤치지 못하게 하기 위함이었다.

인아는 노인과 헤어지고, 경희와 함께 그랬듯이, 집을 떠나 수색까지 가던 피란길로 접어들었다. 넓은 들이 눈앞에 펼쳐졌다. 파랗게 질린 얼굴로 소달구지를 이끌고 피난 가던 모습이 눈에 선했다. 벌바람이 일어 희뿌연 눈발이 휘날렸다. 민우가 이따금 뒤를 돌아보며 아빠와 함께 가자고 칭얼대자, 엄마는 길을 조금 비켜나 달구지를 벌판에 세웠다. 행여 아빠가 오지 않을까 모두가 곁눈질하며 피란 대열을 살피곤 했다. 사람들은 길을 지나면서 자기 나름대로 말을 흘렸다. 어떤 사람들은 중공군이 해주에 들어왔다느니, 아니 남천까지 왔다느니 했다. 남천이라면 군인들로서는 강포리까지 하룻길이 안 되는 거리다. 허허한 벌판에서 추위에 떨며 30분 이상은 기다렸을 것이다. 엄마는 쇠고삐 걸어잡고 다시 소를 길로 내몰았다. 얼어붙은 땅바닥에 바퀴의 쇠테가 부딪히면서 온몸의 신경을 건드렸다. 실은 짐이 달구지에 버거워 바퀴가 찌걱거렸다. 갑자기 제트기 편대가 하늘을 찢으며 북쪽으로 날아갔다. 뒤이어 B. 29 폭격기들이 구름장처럼 떼를 지어 뒤따랐다.

하루해가 저물어 자고 갈 집을 찾고 있었다. 그런데 마을이 나타나지 않았다. 등잔불이 켜져 있다 하더라도 불이 흐려 멀리 드러나지도 않지만, 사람들은 폭격이 두려워 이불이나 요 같은 것으로 문을 가리고 있었다. 길이 어두워 소가 헛발질할 때마다 바퀴가 궤적을 벗어나면서 찌걱거렸다. 그때 어둠 속에서 개 짖는 소리가 들렸다. 엄마는 마을이 가까이 있다는 것을 알았다.

그날 찾아든 집은 가족이 모두 피난을 떠나고 할머니 혼자 있었다. 그래서인지 모르지만, 할머니는 자기들을 무척 친절하게 대하였다. 그래서 집을 나서 첫날 밤을 편히 쉬고 갈 수 있었다. 이른 아침부터 마을 앞에는 피난민들이 떼를 지어 빠져나가기 시작했다. 엄마는 소가 쇠죽을 다 먹기도 전에 죽통을 거둬들였다. 아빠가 일찍 길을 나서 자기들을 따라잡으려다 앞서게 될지도 모르기 때문이었다. 그 집을 떠나면서 엄마는 할머니의 허리춤에 얼마의 돈을 구겨 넣어 드렸다. 할머니가 이러면 안 된다며 극구 사양하던 그때의 모습이 지금도 눈에 선했다.

"집을 떠나 첫날 밤을 맞던 그 마을을 찾고 있나요?"

성준은 피난 때 이야기를 듣고 있어, 그녀의 마음을 잘 알고 있었다.

"그 마을을 찾고 있지만, 분간이 가지 않는군요. 지나쳤는지도 모르겠어요."

인아는 말했다.

자기들은 그때 그곳을 떠나 전날과 같은 하루를 시작했다. 큰길은 군인들과 군수물자를 실은 군용차들로 메워졌고, 들판은 황폐하고 끙말랐다. 눈에 보이는 것이라고는 풀죽은 피난민들과 삭아 내린 벼 그루터기밖에 없었다. 도로변에 이따금 집이 보이기는 했어도, 집에서 피워 올리는 연기나, 주변을 맴도는 사람이나 가축 같은 것은 보이지 않았다. 한나절이 다 되어 갈 무렵이다. 들판 길에 커다란 정자나무 한 그루가 우뚝 서 있었다. 엄마는 소달구지를 그 나무 밑에 세우고, 아침에 먹다 남은 쇠죽을 소 턱 밑에 들이댔다. 그리고 모두가 그 옆에 둘러앉아, 그 집을 떠날 때 할머니가 담요에 묻어 준 주먹밥을 꺼내 먹었다.

지금 그 나무도 보이지 않았다. 들판을 개간하면서, 총탄으로 상처투성이가 된 나무를 불도저가 밀어붙였는지도 모르는 일이다.

그날도 정자나무를 떠나 오후 내내 걷다가 전날과 같은 하루해가 저물고 있었다. 앞서가던 한 무리가 큰길을 벗어나 농로로 접어 들어가자, 엄마는 그들의 뒤를 따랐다. 어둠 속에 제법 큰 마을이 웅크리고 있었고, 엄마는 골목을 헤매다 외양간 딸린 사랑채 방을 얻을 수 있었다. 툇마루 아래 걸린 가마솥 언저리에는 먼저 거쳐 간 사람들이 흘리고 간 감자가 나뒹굴었고, 불을 지피던 장작과 성냥개비도 어수선하게 흩어져 있었다. 그런데 아침에 일어나니 간밤에 소가 추위에 떨어 온몸의 털이 까칠했다.

집을 떠나 길에서 며칠을 보냈는지 기억이 흐릿했다. 수색에 이르렀을 때는 얼어붙은 한강을 건너지 못해, 보따리가 실린 채 길에 버려진 우마차들이 수도 없이 많았다. 중공군이 강포리까지 내려왔다는 소문이 파다하게 떠돌았다. 엄마는 외척이 이곳에 살고 있어 그 집을 찾아 들어갔으나, 모두가 피난을 떠나고 없었다. 엄마가 쇠꼬챙이로 자물통을 쑤셔, 문을 열고 들어가 하룻밤을 자게 되었다. 그리고 아침에 일어나, 엄마는 짐을 조금씩 꾸려 나름대로 등에 지었다. 나머지 짐들은 달구지에 실린 채 그대로 헛간에 넣어 두었다. 엄마는 소를 이웃 할아버지에게 부탁드리며 용돈을 쥐어 드렸다. 돌보다가 형편이 여의치 않으면, 할아버지의 마음대로 처분하기로 했다.

엄마는 봇짐을 등에 메고 길을 나서면서, 여물을 먹고 있는 소의 목덜미를 쓰다듬었다. 그제야 소가 무슨 감이라도 잡힌 듯 쇠죽을 혀로 말아 넣다가, 심드렁하게 바라보았다. 자기를 두고 모두가 떠난다는 것을 알아챈 것이다. 소는 겁먹은 표정으로 눈을 둥그렇게 굴리며 꼬리를 저었다. 그것이 소와의 영원한 이별이었다.

강가로 몰려든 사람들은 얼음판을 건너지 못해 어수선했다. 저마다 무거운 짐들을 등에 매달아 허리가 새우등 같이 휘었다. 얼음판이 이들의 무게를 이기지 못해 '우지직' 찢어지는 소리가 사방에서 들렸다. 엄마는 동생 민우의 손을 잡고 온몸을 사시나무 떨듯 했다.

인아가 피난길을 거치는 것은 이것으로 끝났다. 그들은 강변도로를 달리고 있었다.

"성준 씨, 미안해요. 지난 일에 정신을 너무 팔고 있었나 봐요."

인아는 말했다.

"미안하다니요? 인아 씨의 심정을 잘 이해하고 있어요. 정서를 깨뜨리지 나 않을까 하여 조심스러웠던 거예요. 스트라스부르로 다시 돌아가실 건 가요?"

"아직 두고 생각해 봐야겠어요. 엄마와의 약속이 마음에 걸려 돌아온 거 예요."

"약속이라니요?"

"집을 떠날 때, 곧 돌아오겠다는 메모지를 엄마 방에 남기고 나왔어요."

"그랬었군요. 지금 마음이 어수선할 텐데, 조용한 곳으로 가 며칠 쉴 생각 은 없으세요?"

"그럴만한 곳이 어디 있겠어요? 지금 같아서는 지독히 고독한 섬으로 들 어가, 세상과 얽힌 연을 끊어버리고 싶은 생각이 드는군요."

인아는 넋두리처럼 말했다.

인아의 그 말에 성준은 정신이 번쩍 들었다. 그녀의 입에서 이런 말이 나 오리라는 생각은 하지 못했다. 얼마나 허망하면 저런 말을 서슴없이 내뱉 을 수 있을까? 성준은 기억을 더듬다가 암자에서 들은 이야기가 떠올랐다.

"제가 한때 암자에 머무르고 있을 때가 있었어요. 그 당시 초우 스님에게 들은 이야기가 생각나는군요. 그 스님은 산중에 있으면서도, 세속의 일이 자꾸만 떠올라 암자를 나와 발길 가는 대로 곳곳을 떠돌아다녔답니다. 하 루는 바닷가를 거닐다 우연히 나이 지긋한 한 어부를 만났는데, 그로부터 절해의 고도 '바라도'라는 섬이 있다는 이야기를 듣게 되었지요. 그 섬은 입구에 삐죽한 바위들이 둘러 있어, 그 어부가 아니면 아무나 들어갈 수 없었답니다. 스님은 가까스로 그를 졸라, 그곳에 들어가 석굴에서 홀로 1

년이나 지냈답니다. 그 섬에 인간이 남긴 흔적이라고는 자기가 석굴에 그을린 촛불 자국이 전부라고 하더군요."

"그 스님은 무슨 사연이 있어 그곳까지 들어가야만 했을까요?"

인아는 호기심이 일어 물었다.

"그것까지는 말하지 않더군요."

"그곳이 어딘지 알고 있나요?"

"무심코 들은 이야기라 그냥 지나쳐 듣고 말았을 거예요. 수소문하면 초우 스님과 연락이 닿을지 모르겠어요. 생각이 있으면 제가 사는 곳에서 멀지 않은 곳에 조용한 산장이 있는데, 그의 행방도 알아볼 겸, 그곳으로 가 하루 이틀 쉬고 갈 생각은 없으세요? 어쩌면 주인 여자가 인아 씨의 말벗이 될 수도 있을 거예요. 그 여자는 한때 연예계에서 그런대로 잘 팔리던 여자였답니다. 그런데 결혼에 실패하여 잠시 머리를 식히려고 산장에 왔다가, 정이 흠뻑 들어 아예 눌러앉았답니다. 한번 둘러나 보고 마음에 들지 않으면 식사나 하고 되돌아오지요?"

"그렇게 하는 것도 괜찮을 것 같군요."

인아는 말했다.

18. 산장의 밤

그들은 고속도로를 잠시 달리다 벗어나 산장으로 오르고 있었다. 길가에 늘어선 누렇게 물든 풀들이 마치 마중을 나오기라도 한 듯, 몸체를 살래살래 떨고 있었다. 한 굽이 산허리를 돌아 나자 파란 슬래브 집 한 채가 눈에 선뜻 들어왔다. 차가 그 집 뜰 앞에 가 멈춰 섰다. 30대 중반으로 보이는 미모의 한 여인이 그들을 맞았다. 성준은 저 여자가 산장의 주인이라고 인아에게 말했다. 그녀는 성준과 무슨 약속이라도 있었듯, 서슴없이 인아를 곁채로 데리고 가 묵고 갈 방을 안내했다. 커튼만 열면 커다란 소나무 몸체들 사이로 멀리 도시가 내다보였다. 모든 것이 한눈에 마음에 들었다. 경희가 함께 있었으면 얼마나 좋을까 하는 생각도 들었지만, 직장을 핑계로 달아난 그녀가 이곳까지 내려올 리가 없었다.

성준이 잠시 목장을 한 바퀴 돌아보고 오겠다며 산장을 빠져나간 뒤, 인아는 샤워하고 나와 침대에 기대어 창문 밖을 내다보고 있었다. 산새 한 마리가 나뭇가지에 날아들어 짝을 찾듯 우짖었다. 그러자 다른 한 놈이 날아들었다. 그들은 나뭇가지 사이를 요리조리 건너뛰며 쫓고 쫓기었다. 학교 다닐 때 길가 관목들 속에서나, 담 안팎 나무들 가지에서 많이 보았던 모습이다.

성준은 집으로 돌아가기 바쁘게 전에 머물렀던 암자에 전화를 걸었다. 인아와 함께 '바라도'에 들어가는 데 마음이 쏠려 있었다. 하지만 초우 스님의 행방을 아는 사람은 아무도 없었다. 그는 그 당시 잠시 그곳에 머무르고 있었을 뿐이다. 성준은 허탈한 마음을 가눌 길이 없어 멍하니 있다가, 갑자기 어쩌면 스님과 이야기하고 있을 때 노인의 주소를 메모해 두었을지도 모른다는 생각이 문뜩 들었다. 그는 벌떡 일어나 서재로 들어갔다. 책장 한 귀퉁이에 쌓아 두었던 수첩과 메모철을 꺼내 샅샅이 뒤졌다. 그러던 순간 그의 눈이 번쩍 뜨였다. 누렇게 뜬 메모지에 노인의 주소가 적혀 있었다. 그는 손으로 무릎을 치며 얼굴에 희색이 만면했다. 그는 일어나 산장으로 돌아왔다. 그 사실을 인아에게 말하고, 내일 당장 노인을 찾아 나서기로 했다.

저녁을 먹고 난 후이다. 산골짜기가 온통 달빛으로 하얬다. 인아는 성준을 따라 산장 뒤 오솔길로 산책을 나섰다. 달빛이 나무에 가리어 길이 얼룩덜룩했다. 가던 길을 멈추고 길가 바위에 몸을 기대어 얼굴을 마주하고 있었다. 성준은 달빛에 어린 그녀의 얼굴이 너무 젊고 매끈하여, 이대로 버려두기에는 너무 안타깝다는 생각이 들었다. 전 같으면 그녀의 손이라도 한번 잡아 줄 법도 했지만, 지난 일에 대한 자의식 때문에 그럴 체면이 없었다.
그 순간 인아는 성준의 딸, 수이를 생각하고 있었다. 아이에 대한 사실을 성준에게 이야기해야 할지, 아니면 언제까지 자기 혼자만 알고 있어야 할지 판단이 서지 않았다. 자칫 잘못 이야기했다가 양 교수댁은 물론, 아이에게 돌이킬 수 없는 상처를 안기게 될지도 모르는 일이다. 그들은 가벼운 이야기를 나누고 있었다.

밤하늘이 티 없이 맑았지만, 계곡에 바람기가 일어 마음을 열고 이야기하기에는 썰렁한 느낌이 들었다. 그들은 돌아서서 산장으로 되돌아왔다. 어느새 주인 여자가 기미를 알고, 커다란 화로에 숯불을 피워 들고 옥상으로 올랐다. 주방 아주머니가 상을 차려 들고 그 뒤를 따랐다. 성준과 벌써 무슨 약속이 있었던 것이 틀림없었다. 준비가 끝나고 주인 여자가 돌아서려는 때이다.

"여기 앉아, 함께 하는 것이 어떻겠어요?"

인아는 인사치레 겸 한마디 했다.

"분위기가 그게 아닌 것 같은데요?"

주인 여자는 싫지 않다는 기색으로 성준의 눈치를 살폈다.

"여기 분위기를 좀 살려 주세요."

성준은 너털웃음을 치며 말했다.

깊은 산중에 분위기는 벌써 피어났다. 두 여자의 빼어난 미모와 하늘에 걸린 해맑은 달이 산속을 훤하게 만들었다. 주인 여자는 인아의 마음을 읽기라도 하듯, 자기의 아픈 과거를 들추어 가며 이야기를 털어놓기 시작했다. 자기는 한때 잘나가는 연예인이었고, 어떤 부유한 남자의 유혹에 빠져 사랑이란 이름으로 결혼했다. 하지만 오래가지 않았다. 생각과 달리 덫에 걸린 사슴의 신세가 되고 말았다는 것을 뒤늦게 깨달았다. 갈피를 잡지 못해 방황하다가 들게 된 곳이 바로 이 산장이다. 인아는 그녀의 처지가 어쩌면 자기와 흡사하다는 생각에 위안을 느끼고 있었다. 좀처럼 피어나지 않던 그녀의 얼굴이 달빛처럼 유연해졌다. 그들은 숯불이 사위어 재가 되는 것도 모르고 이야기에 빠져 있었다. 계곡의 찬 기운이 몸으로 스며들었다. 몸이 떨리고 있었다. 그들은 또 만날 것을 약속하며 제각기 자기의 처소로 돌아갔다.

인아의 방은 나무들 사이로 새어 나온 달빛이 창문에 떨어지면서 방 안이 온통 희뿌옇다. 그녀는 잠자리에 누웠으나 잠이 쉬이 오지 않았다. 한 잎의 낙엽이 근거를 잃고 창문 덧창에 매달려 바르르 떨고 있었다. 어쩌면 저렇게 자기의 신세와 비슷할까. 밤늦게까지 번민에 시달리다가 늦게 어떻게 잠이 들어, 눈이 뜨일 때는 아침 햇살이 창문을 뚫고 침대 머리에 쏟아졌다. 상큼한 수풀 냄새가 가득히 방 안으로 배어들었다. 일상이 이런 것이라면 얼마나 좋을까 하는 생각이, 그녀의 움츠린 가슴을 열리게 하고 있었다.

하늘에 희끗희끗한 새털구름이 사라질 듯 떠돌았다. 그들은 아침 일찍 산장을 떠났다. 주인 여자가 시샘이라도 하듯 뜰에 나와 손을 살래살래 흔들었다. 그들은 산을 내려 고속도로로 올랐다. 운치 좋은 곳이라면 갓길에 차를 세우기도 하고, 휴게소에 들러 음료수를 마시기도 했다. 두 사람은 오랜만에 함께 흐뭇함을 누리고 있었다. 바닷가에 도착한 것은 오후 늦어서이다. 그들은 노인을 찾아 남쪽 바닷가를 헤매다 어렵사리 그를 만났다. 60은 조금 넘어 보였고, 허우대가 좋아 아직 힘깨나 쓰게 보였다. 성준은 초우 스님을 들추어 '바라도'라는 섬 이야기를 꺼냈다. 노인의 표정이 굳어졌다. 자기는 이제 그곳에 들어가기에는, 힘에 부친다고 먼저 잘라 말했다. 성준은 인아의 사정을 둘러대며 끈질기게 그를 따라붙었다. 쉽사리 물러설 사람이 아니다. 노인은 성준을 당하지 못해 끝내 조건을 내걸었다. 그 섬은 전에부터 소음이 일면 재난을 당한다는 말이 있으니, 그곳에 들어가 남몰래 조용히 지내다가 올 수 있겠느냐고 했다. 그런 조건이라면 그들은 열 번이라도 약속할 수 있었다.

노인은 찌푸린 얼굴로 고개를 억지로 끄덕였다. 그리고 트렁크에 든 장비를 살피며 혀를 끌끌 찼다. 그곳에서 일주일을 보내기에는 턱없이 부족한 장비다. 노인은 당장 그들을 데리고 어구 상회로 갔다. 모기장과 모기향, 바닥에 깔 스티로폼, 비상시를 대비한 약품과 식료품 등등 여러 가지를 더 보충했다. 그리고 내일 먼동이 틀 무렵 선착장에서 만나기로 했다.

그들이 묵을 곳이라고는 바닷가에 있는 민박집 하나밖에 없었다. 그들은 그곳으로 찾아들었다. 주인 여자가 방 하나를 안내했으나, 함께 들 명분이 없었다. 저녁을 먹고 각기 다른 방으로 들어갔다. 밤바다가 워낙 거칠고 을씨년스러워 집 밖으로 나가 돌아다닐 엄두가 나지 않았다. 인아는 커튼을 열어젖히고 멀리 배들이 흘리는 불빛을 바라보고 있었다. 흑해의 밤이 문뜩 떠올랐다.

그날 밤 모래언덕에 나가 앉았다가 이 교수가 걸어오는 것을 보고, 저이가 성준이었으면 얼마나 좋을까 하는 생각을 했었다. 그때만 해도 성준은 추억 속에서만 존재하고 있었을 뿐 아득히 먼 나라의 이방인이었다. 그런데 이렇게 되고 보니, 이 교수가 아득히 먼 나라의 이방인이 되었다.

19. 나가오카 선생과의 인연

그들은 먼동이 틀 무렵, 서둘러 일어나 선착장으로 나갔다. 벌써 노인이 엔진의 시동을 걸고 기다리고 있었다. 아직 어두운 밤이었다. 그들이 부두를 떠나 바다 꽤 깊숙이 들어갈 무렵에야, 사방이 열리면서 잔잔한 파도가 너울거리기 시작했다. 그리고 곧 아침 햇살이 바다에 하얗게 쏟아졌다. 늠실거리는 물결 위에 배가 앞뒤로 흔들거렸다. 그런 상태로 두어 시간은 갔을 때이다. 저 멀리 바닷물 위에 얹힌 섬 하나가 눈에 들어왔다. 밑바탕이 가파른 암벽으로 둘렸고, 산등성은 흡사 낙타 등처럼 보였다. 노인은 저 보이는 섬이 '바라도'라고 말했다. 가까이 갈수록 산과 계곡의 윤곽이 드러났다. 얼핏 보기에도 배를 들이댈 만한 곳이 마땅치 않았다. 바다로 내민 모래톱이 한 군데 있기는 했어도, 그 앞에 악어의 이빨처럼 생긴 바위너설이 막고 있었다. 배가 그곳을 빠져나갈 모양이다. 노인의 얼굴이 굳어졌다. 그는 바윗골을 빠져나가기 위해 물고기가 입질하듯, 배를 들이밀었다 다시 뒤로 물러나기를 되풀이했다. 배가 그곳을 간신히 빠져나갔다. 노인은 짐을 내리고 어창에 있는 커다란 물고기 몇 마리를 꺼내 그들에게 건네주면서, 이곳에서 알고 있어야 할 몇 가지를 일러두었다. 제일 먼저 소리가 울 밖으로 나가지 않도록 조심하라. 저 골짜기로 조금 오르면 먹을 수 있는 물이 바위틈에서 흘러나온다. 밀물이 되어 낚시가 하고 싶으면, 저쪽 소나무 아래 있는 바위에 올라 낚싯대를 펼치면 제법 큰 고기들이 걸려든다. 그리고 날씨가 좋은 날을 선택해, 새벽 일찍 동쪽 능선을 타고 정상에 오르면, 육지에서는 볼 수 없는 해돋이 광경이 장관이다.

인아는 초우 스님이 거처했다는 석굴이 어디에 있는지 더 궁금했다. 노인에게 물었지만, 노인의 시선이 자기도 모르게 남쪽 능선 어딘가를 거치려다, 가 보지 않아 모르겠다며 얼른 시선을 거두었다. 그리고 그는 무엇에 쫓기듯, 일주일 후 다시 오겠다며 배에 올라 섬을 떠났다.

성준은 모래언덕에 텐트를 세우고 그 위에 방수포를 덧씌웠다. 튜브에 바람을 넣어 침상을 만든 뒤, 그 위에 담요를 깔고 두 개의 잠자리를 만들었다. 텐트에서 내다보이는 모래톱과 그를 둘러친 바위너설은, 세상의 어느 정원보다 아름다웠다.

그들은 버너에 프라이팬을 올려놓고 식빵을 구워 냈다. 잼을 발라 먹는 것은 각자의 몫이었다. 식사가 끝나고 그들은 잠시 쉬고 있었다. 인아는 눈을 감고 침상에 비스듬히 누웠다가, 쌓였던 피로가 풀리면서 자기도 모르게 졸고 있었다. 그 사이 성준의 시선이 그녀의 몸을 훑고 있었다. 그러다 옷깃 사이로 보이는 맨살에 가 머물렀다. 인아의 본능적인 육감이 뭔가를 감지했다. 눈이 번쩍 뜨였다. 갑작스러운 상황에 성준의 표정이 머쓱했다. 어색하기는 인아 역시 마찬가지다. 그녀는 벌떡 일어나 밖으로 나갔다. 바닷가를 산책하다가 초우 스님이 떠올랐다. 산속으로 들어가 날이 저무는 줄도 모르고 있었다. 방향감각을 잃고 이 골짝 저 골짝을 헤매다, 의지가지없는 외톨이가 되고 말았다. 그러다 산속을 간신히 헤어나 텐트로 돌아왔다.

성준은 해가 저무는데도 그녀가 나타나지 않자, 그녀를 찾아 사방을 헤매고 다녔다. 바다와 육지가 어둠에 가려 분간이 흐려졌다. 소리쳐 부르고 싶어도 소음이 일면 재난을 당한다는 노인의 말이 귀에 거슬려, 그럴 수도 없었다. 그는 텐트 주위를 맴돌며 그녀가 나타나기만을 기다리고 있을 수밖에 없었다. 밤이 이슥해서이다. 그녀가 초라한 몰골로 불쑥 나타났다. 옷에는 가시랭이가 사방에 매달려 있었다.

"어떻게 된 겁니까?"

성준은 파랗게 질린 얼굴로 말했다.

"미안해요, 성준 씨. 초우 스님의 영혼에 홀렸나 봐요. 그를 따라다니다 방향감각을 잃어버린 거예요."

"말하고 나가지 그랬어요?"

성준은 말했다.

"처음은 그게 아니었어요."

말이 더 필요 없었다. 성준은 그녀의 마음을 달래기 위해 식사를 하면서 포도주 한 잔을 나누었다. 그러다 늦잠이 들어 일어날 때는 한나절이 되어서이다. 오후 늦게 텐트를 빠져나와 주변을 함께 거닐기도 하고, 각기 다른 곳을 돌아다니며 나름대로 생각에 잠기기도 했다. 저녁을 먹고 난 후에, 모래언덕에 나와 누워 밤하늘에 붙박여 있는 별들을 바라보고 있었다. 한순간 인아는 정신이 아찔했다. 자기 가족이 모여 있었다. 할아버지, 할머니 별이 나란히 자리하고, 엄마, 아빠 별이 그 아래 자리했다. 그리고 오빠와 동생 민우의 별도 놓여 있었다. 그런데 자기만이 동떨어져 죽은 별에 누워 있다. 그녀는 벌떡 일어나 어둑한 물가로 나갔다. 물마루가 용트림을 치며 밀려와 바위너설을 후려쳤다. 몸체가 부서지면서 한바탕 소란을 일으키고 다시 조용해졌다. 난데없는 조약돌 하나가 바닷물 위에 풍당 떨어졌다. 성준이 몰래 자기 뒤에서 지켜보고 있었다. 어젯밤에 있었던 일로 성준은 그녀에 대한 경계심을 늦추지 않고 있었다.

인아는 하루가 다르게 마음의 안정을 찾고 있었다. 일상에서 일어나는 일에 대해 매우 신비로운 눈으로 바라보기도 하고, 무심히 여기던 원시림 속에서 일어나는 갖가지 소리에 마음을 기울이기도 했다.

그들은 해 뜨는 광경을 보려고 새벽에 일어나 텐트를 빠져나왔다. 산으로 오르는 길은 애초부터 없었다. 성준의 머리에는 헤드라이트가 매달려 있었고, 인아는 손전등을 손에 들고 있었다. 이것들은 노인이 보충해 챙겨준 등산 장비다. 인아는 성준이 앞에서 수풀을 젖히고 나아가면 그 뒤를 따랐다. 정상에 오를 때는 동이 트며 바다가 조금씩 열리고 있었다. 그들은 동쪽 하늘을 바라보며 해가 돋기를 기다렸다. 잠시 후 수평선이 트이고 해가 머리를 불쑥 내밀었다. 바다가 은빛 물결로 넘실거렸다. 그곳에는 고기잡이배들이 살래살래 떠돌았다. 아득히 먼 옛사람들이 모여 사는 평화스러운 마을 같았다. 그들대로의 한 세계가 열려 있었다.

인아는 무심코 뒤를 돌아보다가 정신이 멍했다. 아직 바다가 열리지 않아 칠흑 같은 밤이다. 자기가 서 있는 곳이 남, 북의 경계인 비무장지대라는 착각이 일었다. 잠시 후 어둠이 걷히면서 철조망이 녹아내리고 있었다. 그녀는 무슨 계시라도 받은 듯 두 손을 불끈 말아 쥐었다. 자기가 해야 할 일이 분명해졌다.

그들은 초우 스님이 거처했다는 석굴을 찾을 생각으로, 남쪽 능선을 타고 내렸다. 산 중턱 어디쯤이라고 한 말을 성준은 초우 스님에 들어 어렴풋이 기억하고 있었다. 중턱에 이르러 성준은 인아를 한곳에 세워 두고 혼자 사방을 헤맸다. 그러다 성준의 손이 번쩍 들리며 찾았다는 신호를 보냈다. 석굴 입구에 있는 두어 평 남짓한 석실은 햇살이 들어 아늑했고, 하지만 바닥이 거칠어 사람이 거처하기에는 쉽지 않아 보였다. 버려진 석굴치고는 묵은 먼지나 거미줄 같은 것이 보이지 않았다. 그들은 석굴로 들어서 손전등을 켜 들고 굴 안쪽으로 들어갔다. 커다란 바위가 석굴을 막고 있었다. 짐승의 체취 같은 노릿한 냄새가 코에 잡힐 듯 떠돌았다. 그들은 초우 스님이 그을렸다는 촛불 흔적을 찾으려고 손전등으로 사방을 비추어 보았지만, 그런 것은 볼 수 없었다. 그들은 돌아서 그냥 나오기가 서운하여 석굴 입구에 메모지 한 장을 천정에 꽂아 두었다.

내일이면 '바라도'를 떠나게 된다. 인아는 이 밤이 어쩌면 성준과의 마지막일지도 모른다는 생각을 하고 있었다. 이튿날 아침 그들은 짐을 꾸리어 내어놓고 물때가 되기를 기다렸다. 물이 들어오려면 아직 시간이 꽤 많이 남아 있었다. 그들은 갯벌에 나가 조개, 소라, 바다참게 등을 주우며 노인을 기다렸다. 드디어 물이 밀려오면서 갯벌이 묻히고 있었다. 앞바다에 배가 나타나야 할 때다. 그런데 모래톱이 다 묻히도록 바다 위에 노인의 배는 나타나지 않았다. 마음이 불안하기 시작했다. 배는 내내 나타나지 않았다. 그들은 다시 짐을 끌러 텐트를 세웠다. 노인이 끝내 돌아오지 않는다면 어떻게 되는 것일까. 그녀는 눈앞이 아득했다. 그나마 다행히 부두에서 노인이 덧거리로 챙겨준 덕택에, 아직 며칠 먹을 양식은 남아 있었다. 인아의 머릿속은 오만가지 생각이 번거롭게 오갔다. 수기에 못다 한 이야기와 고향으로 돌아가 해야 할 일이 자칫 잘못되면 물거품이 되고 만다.

성준은 그녀의 허탈한 마음을 달래기 위해, 바닷가 산자락을 돌아다니며 동백나무겨우살이와 부처손 등을 따 들고 돌아왔다. 월남 있을 때 익힌 요리 솜씨로 별식을 만들 생각이다. 밀가루에 약초를 버무리어 조개와 소라를 넣고 코펠에 끓였다. 그들은 포도주를 곁들인 조촐한 파티를 벌이며 서로를 위로했다. 어느새 해가 기울어 어둠이 내리는데, 난데없이 산을 내리는 한 사람이 보였다. 자기들을 향해 걸어오고 있었다. 성준은 깜짝 놀라며 저이가 초우 스님이라고 했다.

"장 대령, 이게 어찌 된 일이요?"

초우 스님은 말했다.

"오랜만에 뵙겠습니다. 스님이 여기 계시리라고는 꿈에도 생각하지 못했습니다."

"이곳엔 언제 오셨소?"

초우 스님이 말했다.

"일주일이 되었습니다. 오늘 육지로 나가려는데 노인이 오지 않지 뭡니까?"

"무슨 사정이 있겠지요. 어제 석굴에서 무슨 소리가 나는 것 같아서 정신이 헷갈렸지요. 백일정진 중이라 어떻게 할 도리가 없었답니다. 마침 오늘이 끝나는 날이지요."

"그렇다면 그 안에 계셨다는 말씀인가요?"

성준은 말했다.

"그렇습니다. 굴 안을 막고 있는 바위를 안고 겨우 돌아들면, 그 안에 수행하는 도량이 있지요."

"그래서 노인이 시치미를 떼며, 섬 안에서 소음이 일면 재난을 당한다고 하셨군요?"

"그것은 나와의 약속을 지키려고 그랬을 겁니다."

인아는 두 사람이 이야기하고 있는 모습을 바라보고 있다가, 눈이 의심스러울 정도로 스님이 낯익어 보였다. 그녀는 기억을 더듬고 있다가 한참 후에야, 그는 자기가 초등학교 다닐 때 담임선생이었다는 생각이 들었다.

"나가오카 선생님 아니세요?"

그녀는 놀라는 표정을 지으며 말했다.

"아, 강인아? 그렇지 않아도 어디서 많이 본 것 같아 생각 중이었지."

"선생님, 어떻게 되신 거예요?"

"어떻게 되다니, 이렇게 되었지. 선생님이라 부르니 좀 어색하구려. 초우 스님이라 부르면 안 되겠소?"

"그렇게 하겠습니다. 교장 선생님이 일본으로 떠나시면서 초우 스님에 관한 이야기를 아빠에게 자세히 말하고 가셨어요."

"나에 관한 이야기라니, 그 신발에 대해서 말이오?"

신발이란 이런 일이 있었다. 하루는 엄마가 홍역으로 죽어가는 동생을 안고 신음하고 있었다. 학교에 간 인아는 그 모습이 눈에 자꾸만 밟혀 공부가 되지 않았다. 수업이 끝나기 바쁘게 청소를 빼먹고 아이들 몰래 교실을 빠져나왔다. 집으로 가자 엄마의 울음소리가 담 밖까지 새어 나왔다. 아빠는 죽은 동생을 이불에 말아 지게에 지고 집을 나서고 있다. 이튿날이 되어도 엄마의 신음하는 소리는 그치지 않았다. 학교에 가고 싶은 생각이 없어 미루적거리다 뒤늦게 집을 나섰다. 학교는 벌써 수업이 시작되어 쥐 죽은 듯 조용했다. 복도를 조심스럽게 걸어 뒷문을 열고 교실로 들어섰다. 학생들의 시선이 일제히 자기에게로 쏠렸다. 나가오카 선생이 수업을 멈추고 막대를 끄덕이며 따라오라고 했다. 학교 뒷산으로 데려가 오래된 무덤 앞에 무릎을 꿇리고 자기만 내려갔다. 다행히 실습지를 돌보러 나왔던 교장 선생님의 눈에 띄어 교실로 들어갔다. 그 전날 한 학생이 신발을 잃어버려, 청소를 빼먹고 몰래 나간 자기에게 그 누명을 덮어씌운 것이다. 다행히 그날 오후 짓궂은 한 남학생이 그 신발을 화장실 뒤 측백나무 속에 숨겨 두었다는 사실이 드러났다.

"그게 아니라 초우 스님의 가정에 대해서 말이에요."

"그랬었군. 그런데 아버지는 어떻게 지내시오?"

"모두가 세상을 뜨셨어요."

"모두라니, 가족 모두가 말이요?"

"난리에 그렇게 되었어요."

"저럴 수가. 원한이 많겠군."

"그러니 어쩌겠어요. 지금도 눈만 감으면 꿈속에 가족을 만나게 되지요. 그때마다 찾아드는 집은, 전에 살던 집이 틀림없는데 오래되어 허물어질 것 같고, 부모님은 늘 풀 죽은 모습으로 나타나지요. 꿈은 늘 어디론가 떠나야 할 시간에 쫓겨 허둥대다가, 꿈을 깨고 나면 무슨 말을 주고받았는지 기억이 나지 않아요."

"그렇다면 천도재를 한번 올리는 것이 어떻겠소?"

초우 스님은 말했다.

"천도재라니요?"

"죽은 사람의 넋을 극락세계로 인도해 달라고 드리는 불공이지. 천도재를 올리고 나서 그런 꿈이 사라졌다는 사람도 더러 있으니까. 그렇게 하는 것도 괜찮을 거요. 그것은 내가 손수 할 수 있는 일이니, 마음이 내키면 다시 만나는 것도 괜찮을 것이오. 공양할 음식은 내가 준비해 주겠소."

"그렇게 해도 되겠습니까?"

인아는 말했다.

"그렇게 해서라도 진 빚을 갚게 된다면 얼마나 좋겠소."

"무슨 말씀을 그렇게 하세요?"

인아는 말했다.

"어쨌든 망자를 위로해 드리는 것이니 신상에 나쁠 것은 없을 것이오. 제를 앞두고는 살생이나 언행을 조심해야 하오."

초우 스님은 어둠 속에 자기의 연락처를 인아에게 건네주면서, 자리에서 벌떡 일어나 무엇에 쫓기듯 산속으로 사라졌다. 인아는 그가 떠난 뒤 건네받은 메모지를 불에 들이대고 보다가 깜짝 놀라지 않을 수 없었다. 그가 거처하고 있다는 곳이, 바로 강포리 고향 마을 앞산에 있는 그 절간이다.

나가오카 선생은 지독하게 무서운 선생으로 소문나 있었다. 그는 스포츠형 머리에 언제나 매서운 눈초리로 학생들을 노려보았다. 그의 손끝에는 늘 학생들의 잘못만을 노리는 막대기가 매달려 있었다. 이런 사실은 학부모들도 알고 있었지만, 그가 일본 사람이라 말 한마디 제대로 하지 못했다. 그러다 갑자기 일본이 패망하고, 그는 야간을 틈타 도주하려다, 마을 청년들에게 붙잡혀 곤욕을 치렀다. 이때 그를 도와준 사람이 그녀의 아버지다.

그의 어머니는 한국 사람이다. 그녀가 처녀 시절 개성 근교 공장에서 일하고 있을 때, 일본 관리에게 속아 결혼했다. 어려서부터 가난에 시달리며 살아온 여자여서, 끼니를 거르지 않고 사는 것이 그녀의 꿈이었다. 그런데 결혼하고 1년도 채 안 되어 남자가 사라졌다. 그는 처음부터 그럴 생각이었다. 여자의 배 안에는 아이가 들었고, 여자가 일본 사람에게 속았다는 소문이 파다하게 떠돌았다. 이때 태어난 아이가 나가오카이다. 그녀는 당장 먹고 살길이 없었다. 수소문하여 그가 일본으로 들어갔다는 사실을 알고, 아이를 등에 매달고 일본으로 건너갔다.

집 안으로 들어서자 연못을 두른 나무들과 뜰의 정원수들이 집의 무게를 더하고 있었다. 계단 위에 있는 현관문이 열리면서 한 여자가 나타났다. 나가오카 어머니의 시선은 뒤늦게 나온 남자의 얼굴에 가 멈췄다. 밖에서 중얼거리는 소리에 영문도 모르고 나온 남자는, 그녀를 보는 순간 기겁을 하고 뒤로 빠져 달아났다. 그제야 그 집 여자가 상황을 알아채고 매정하게 현관문을 닫았다. 나가오카 어머니는 가슴이 터질 것 같았지만 어쩔 도리가 없었다. 그들 앞에 식민지 백성은 너무도 무기력했다. 아이를 안고 마당에 퍼질러 앉아 울부짖었으나 소용이 없었다. 하는 수 없이 아이를 현관에 밀쳐놓고 미친 듯이 그 집을 빠져나왔다.

그로부터 나가오카는 의붓어머니 밑에서 갖은 구박을 받으며 자랐고, 사범학교를 겨우 졸업하던 해 친어머니를 찾아 조선으로 나왔다. 총독부를 찾아 사정을 알리고 발령받은 곳이, 강포초등학교이다. 그는 일과가 끝나기 바쁘게 어머니를 찾아다녔지만, 그녀의 행방을 아는 사람은 아무도 없었다. 그는 날이 갈수록 세상이 원망스럽고, 사람들이 미워지기 시작했다. 그 영향은 고스란히 학생들에게 미치게 되었다.

이튿날 밀물 때가 되어 앞바다에 노인의 배가 들어오고 있었다. 그는 배에서 내리기 바쁘게 말했다. 어제 선착장을 막 떠나려는데 정보기관에 있는 사람들이 들이닥쳐, 종일토록 조사를 받느라 이렇게 되었다고 했다. 지난 주 자기들이 새벽에 떠나는 것을 본 어떤 사람이, 자기들이 밀수업자일지도 모른다며 경찰에 신고한 것이다.

그들은 곧 배에 올랐다. 인아는 섬을 떠나면서, 이제 영원한 이별이 되리라는 생각에 섬을 뒤돌아보다가, 초우 스님이 암반에 나와 석간송 밑에서 자기들을 지켜보고 있는 것이 보였다. 그녀의 두 손이 번쩍 들렸다. 그러자 초우 스님이 손을 들어 흔들면서 석굴로 사라졌다. 그제야 노인은 초우 스님과의 약속 때문에, 거짓말을 하게 되어 미안하다는 말을 했다. 3일 후면 그를 데리러 여기 다시 들어오게 된다는 말도 했다.

성준은 배에서 내려 노인이 수고한 대가를 넉넉히 치렀다. 그리고 곧 그들은 그곳을 떠나 시골 굽잇길로 들어섰다. 성준은 산장을 마음에 두고 차를 세월없이 몰았으나 인아의 생각은 달랐다. 어느 도시 외곽을 지나고 있을 때다. 그녀는 출판사에 들러, 해야 할 일이 있다며 성준과 헤어지고 기차를 타고 곧장 서울로 올라왔다. 한강이 내려다보이는 호텔로 들어, 수기에 못다 한 이야기들을 써 내려가기 시작했다. 그것을 마무리를 짓고 나니 이상하게 마음이 허전했다. 창 너머 보이는 세상이 자기와는 아무 관련이 없는 먼 옛날 유적처럼 보였다. 전화를 걸어 경희를 불러냈다. 어쩌면 마지막이라는 생각이 자꾸만 들었다. 인아는 그동안 있었던 일들을 이야기하면서, 한두 잔 즐겨 마시던 포도주를 꽤 여러 잔 마셨다.

"내가 너에게 숨긴 것이 있어."

그제야 인아는 말했다.

"숨기다니, 그게 뭐야?"

"내가 고향을 떠날 때, 배 안에 아이가 있었던 거야. 나도 모르는 일이었어. 그 애의 이름이 수이란다. 성북동 있을 때 부인이 그렇게 지었지. 스트라스부르로 가야 하는데 아이를 데리고는 갈 수 없었단다. 하는 수 없이 다른 가정에 입양시켰던 거야. 그 사실을 잘 알고 있는 사람은 파리에 있는 이 교수밖에 없어. 아이를 만나고 싶지만, 잘못하다가 그들에게 상처를 주지 않을까 두려워 그럴 수도 없단다."

"그럴 테지. 성준 씨가 그 사실을 모르고 있는 거냐?"

"말하지 않았어. 어차피 수기가 나오면 알게 되겠지만, 수기에도 그 아이가 어디에 가 있다는 것은 말하지 않았어. 어쩌면 이제 성준 씨를 만나지 못하게 될지도 몰라."

"너 지금 무슨 소리를 하는 거냐? 성준 씨와 무슨 일이 있었어?"

"아니야, 그렇게 될 것만 같아."

인아는 아리송한 말을 하고 있었다. 자정이 다 되어 갈 무렵에야 그들은 헤어졌다.

20. 마지막 다짐

인아가 늦잠이 들어 눈이 뜨일 때는 아침 햇살이 유리창 문에 꽂혔다 꺾이어 강물에 부서져 내렸다. 인아는 토스트에 우유 한 잔을 마시고 호텔을 빠져나왔다. 택시에 올라 출판사에 보완 자료를 넘겨주고, 초우 스님을 만나기 위해 곧바로 강포리로 가고 있었다. 차창 밖에 스치는 모든 사물의 형체가 흐릿했다. 가면서 계속 눈을 감고 있었다. 기사가 강포리에 다 왔다고 말할 때야 눈을 떴다. 잿빛 안개가 솜털 구름같이 골짝에 떠돌았다. 그녀는 차를 돌려보내고 절간으로 오르는 길로 들어섰다. 이 길은 예전부터 나무꾼들이 오르내리던 길이다.

왼편에 있는 밋밋한 산자락이 난리가 나기 전만 해도 자기들이 부치던 밭이었다. 그때는 자지레한 나무들과 풀잎 위에 햇살이 내리면 윤기가 반지르르 흘러내렸다. 집에서 앞산을 건너다보면 메기주둥이처럼 생긴 산부리 하나가 계곡을 타고 내리다 멈췄다. 절집이 그곳에 있었다. 눈이 내릴 때나, 봄에 아지랑이가 피어오를 때는 동화책 속의 그림처럼 아늑해 보였다. 풀과 나뭇가지들이 길로 뻗어 가끔 거치적거렸다. 인아는 산을 오르면서 이따금 사라진 고향 마을을 뒤돌아보곤 했다. 갑자기 수풀 사이로 목탁 소리가 바람을 타고 새어 나왔다. 한허리를 올라 고개를 들어 위쪽을 바라보았다. 초우 스님이 난간에 서서 그녀의 오르는 모습을 내려다보고 있었다.

인아는 그를 만나 절에 간 색시가 되어 그의 뒤를 따라다녔다. 먼저 법당으로 들어가 예불을 올렸다. 그리고 나와 석간수를 마시며 잠시 숨을 돌리고 있었다. 그녀의 시선이 10m도 안 되는 거리에 있는 한 보살상에 가 머물렀다. 절에서 흔히 보는 금빛을 입혀 치장해 놓은 그런 보살상이 아니었다. 얼굴과 몸 새김질이 세속에 시달린 한 평범한 여인상 같았다. 그녀가 일어나 보살상 앞으로 가자 초우 스님이 뒤를 따랐다. 보살상의 발 부분이 구릿빛이 되도록 손때가 타 반질거렸다. 초우 스님은 한 신자의 도움을 받아 자기 손수 만들어 세운 것이라고 말했다. 그 순간 인아는 이 상이 나가오카 선생의 어머니라는 생각을 선뜻 할 수 있었다. 어머니가 얼마나 그리우면 발을 이렇게까지 쓰다듬었을까 하는 생각에 눈시울이 시큰했다. 추녀 끝에 매달린 풍경이 애잔하게 차랑차랑 떨리고 있었다.

그들은 본당에서 조금 떨어진 곁채로 갔다. 인아가 묵고 갈 방이 거기 있었다. 60은 조금 넘어 보이는 한 보살이 인기척 소리를 듣고 방문을 열었다. 그녀는 초우 스님으로부터 인아의 이야기를 듣고 있어, 묵고 갈 방을 안내했다. 보살이 거처하고 있는 방과 나란히 했다. 초우 스님은 이것으로 자기가 해야 할 일은 끝났다는 듯, 자기대로 어디론가 가 버렸다.

보살은 숨 돌리기 바쁘게 절 살림에 관한 이야기를 늘어놓았다. 스님은 절에서 하는 일에는 관심이 없고, 공양이 끝나고 나면 자기 방으로 들어가 무엇을 하는지 모른다고 했다. 그의 일상은 산을 오르내리며 약초나 산나물을 뜯는 것이 전부이고, 그것을 손질하여 시장에 내다 팔거나, 살림을 꾸려나가는 것은 자기의 몫이라고 했다. 그런데 이번에는 어쩐 일로 이렇게 관심을 두고 있는지 모르겠다며, 스님과 어떤 사이가 되느냐고 인아에게 물었다.

인아는 그동안 꿈자리가 어지러웠던 것은 사실이지만, 천도재를 올리고 싶은 마음은 돌아가신 부모님께 마지막으로 상을 한 번 올려드리고 싶었기 때문이다. 보살은 아침 일찍 산을 내려, 가까이 지내는 신도와 함께 천도재에 올릴 제물을 마련해 왔다. 곧 법회를 열어 생각보다 제를 성대히 치렀다. 이제 곧 떠날 줄로만 알았던 그녀가 그곳을 떠나지 않고 며칠째 있었다. 매일 뒷산 바위 위에 올라 폐허가 된 고향의 들녘을 바라보고 있었다.

난리가 일어나던 날 아침이다. 마을 앞 거리에는 탱크를 앞세운 인민군들이 기세등등하게 걸어가고 있었다. 국군의 총포들이 그들을 향해 불을 뿜었지만, 소용이 없었다. 그들의 탱크는 괴물처럼 굴러가고 있었다. 잠복해 있던 국군 특공대가 수류탄과 화염병을 손에 들고 조를 지어 뛰어들었다. 그들 역시 탱크에서 쏘는 기총사격에 어처구니없이 쓰러졌다. 연이어 특공대가 뛰어들었다. 탱크 안에서 폭음이 진동하고 연기가 하늘로 치켜올랐다. 그제야 뒤따르던 탱크들이 포문을 돌려 물러나기 시작했다. 낮 한동안 마을 앞은 조용했다. 밤이 되어 그들은 또 밀고 내려왔다. 마을 사람들은 국군이 어둠을 틈타 강을 건너 달아나는 모습을 물끄러미 바라보고 있었다. 피난할 시간도 없었지만, 그때만 해도 떠나야 할 이유도 모르고 있었다. 인민군들이 적이 아니라 이웃이었다. 어쩌면 가로막힌 철책이 없어져 후련했을지도 모른다. 집이 불타고 많은 젊은이가 전쟁터로 끌려가 죽은 후에야 아군과 적군이 분명히 드러났다.

이런 생각으로 인아는 바위에 앉아 해가 기울어 가는 것도 모르고 있었다. 망태를 어깨에 메고 산을 내리던 초우 스님이, 별러서 그녀의 곁으로 다가

갔다.

"왜, 그러고 있는 거요?"

초우 스님은 말했다.

"저도 잘 모르겠어요."

"그런데, 무엇을 그렇게 바라보고 있었던 거요?"

"강 건너 철조망이 자꾸만 마음에 거슬려요. 그 임자가 누군지 모르겠어요."

그녀는 말했다.

"같은 생각을 하고 있군. 저것이 어찌 이 나라를 위해 저렇게 막고 있는 것이겠소?"

초우 스님은 말했다.

"스님은 어쩌다 이곳까지 오시게 되었어요?"

"갈 곳이 없어 떠돌다, 마을이 사라지고 빈 절간만 있다는 것을 알게 되었지. 어쩌면 이곳이 내 고향이 아니겠소?"

"그럴 수도 있겠군요. 난리가 일어나던 날 아침은 어떻게 하셨어요?"

"새벽이 트일 무렵 총소리가 울리더군. 그런 일은 전에도 흔히 있어서 그렇게 놀라운 일은 아니었지. 그런데 그게 아니더군. 이른 아침, 제복이 다른 군인들이 기차역에 무더기로 쏟아져 내리지 않겠어? 인민군들이 밤새 끊어진 철길을 이어 기차를 타고 내려온 거야. 그제야 전쟁이 일어난 것을 알게 되었지만, 곧 탱크를 앞세워 내려오는 인민군을 무슨 수로 당할 수 있겠어? 국군이 포와 소총으로 저항해도 소용이 없었지. 군인과 경찰이 먼저 달아나기 바빴던 거야. 나도 그때 집을 떠나 이곳까지 오게 된 거야."

21. 임진강 피닉스

하늘에 구름이 희뜩희뜩 지나면서 지상에 갈바람이 일었다. 자기가 기다리고 있었던 것이 바로 이런 날씨다. 그녀는 곧 천지를 발칵 뒤집을 생각이다. 그녀는 서둘러 산을 내렸다. 곧바로 법당으로 들어가 부처님 앞에 엎드려 자기의 의지를 다짐했다. 약해지지 않도록 도와달라고 기원을 올리며 결의를 다졌다. 그리고 자기 방으로 들어가 라이터와 성냥을 챙겨, 아무도 몰래 암자를 빠져나왔다. 산을 내리는 다리가 후들후들 떨렸다. 강기슭 가까이 깊숙한 숲속에 숨어 앉아 어둠이 오기를 기다리고 있었다. 이럴 수가 있을까? 성준이 차에서 내려 앞을 지나 암자로 오르고 있었다. 인아는 설움이 북받쳐 가슴이 터질 것만 같았다. 이를 물고 있었지만, 턱이 부들부들 떨렸다. 산길을 오르는 그의 뒷모습이 어둠에 묻히고 있었다.

그녀는 어둠을 틈타 숲속을 빠져나왔다. 강 건너 얼어붙은 눈초리로 주위를 살피는 초병의 모습도 보이지 않았다. 발로 땅을 더듬으며 여울목 가까이 갔다. 이끼 낀 돌에서 비릿한 냄새가 풍기고, 조약돌을 스치는 물소리가 기괴했다. 그녀는 물로 들어서 돌을 발로 더듬으며 조금씩 앞으로 나아갔다. 초병의 총구가 자기와 같은 사람을 노리고 있다는 것도 알고 있었다. 여울목을 간신히 건너 강기슭으로 바짝 달라붙었다. 그나마 발이 움직일 때 일으키는 잡음은 물소리에 가리어 다행이었다. 그녀는 지뢰를 피하려고 계곡으로 숨어들어, 개울 바닥이나 가파른 비탈을 타고 올랐다. 무릎이 꺾일 때마다 바지 주머니에 든 성냥과 라이터가 뱃살에 닿아 비비적거렸다. 잠복한 병사가 언제, 어디서 나타날지 몰라 긴장은 잠시도 늦출 수 없었다. 그 순간 어디에선가 매달린 쇠붙이가 바람에 낭창거렸다. 갑자기 철책이 앞을 가로막았다. 초소로부터 그리 멀지 않은 곳이지만, 계곡이어서 초병의 감시가 제대로 미치지 못하는 곳이다. 그녀는 몸을 낮추고 잠시 정황을 살피다 비상용 칼을 꺼내 바닥의 흙을 긁어냈다. 박힌 돌을 제치고 개구멍을 만들어 배를 비비대며 철조망을 빠져나갔다. 지뢰 같은 것은 운명에 맡기기로 했다. 아차 잘못되면 불을 튕길 심산으로 라이터를 손에 꼭 잡고 있었다.

성준은 초우 스님을 만나 그녀를 찾아다녔지만, 그녀가 그곳에 있을 리 없었다. 보살 역시 그녀의 행방을 모른다며 설미지근한 태도로 대답했다. 조금 전 뒷산 바위에서 틀림없이 함께 내려왔다. 초우 스님은 성준을 데리고 뒷산 바위로 다시 올랐다. 사방이 어둠에 싸여 산중은 적막했다. 성준은 '바라도'에서 있었던 일이 떠올랐다. '인아 씨!' 하고 애타게 불러댔지만 돌아오는 대답은 산 메아리뿐이었다. 그들은 절간으로 되돌아와 툇마루에 걸터앉아 그녀가 나타나기를 기다리는 수밖에 없었다.

인아는 자기들 밭이었던 풀숲으로 들어섰다. 그곳에서 20m도 안 되는 거리에 할아버지 산소가 있다는 것을 알고 있다. 할아버지 산소에 들려 그동안 살아온 이야기를 소상히 말씀드리고 싶어도 지뢰가 위험해 그럴 수 없었다. 걸음을 멈춰 산소를 향해 고개를 숙였다. 지난 일들이 뭉클하게 떠올랐다.

할아버지 장례를 치르던 때, 자기 나이 예닐곱은 되었지 싶다. 엄마, 아빠가 상복에 굴건을 쓰고 너울거리는 만장의 행렬과 함께 상여의 뒤를 따랐다. 그날 이후 할아버지의 영정을 모신 사랑방에는 곡하는 소리가 아침, 저녁으로 들렸다.

인아는 발길을 돌려 쌓인 낙엽과 삭은 나뭇가지를 밟으며 더 나아갔다. 발에 돌이 밟혀 뿌드득거릴 때마다 등골이 오싹했다. 목표하고 있는 지점이 눈앞이다. 다행히 바람이 자기의 편에 서고 있었다. 성냥만 그어서 대면 불길이 이글거리며 스스로 일으키는 폭풍을 타고, 날아가겠지. 철조망이 녹아내리고 일대가 잿더미로 덮일 거야. 불길이 지나간 곳에는 한동안 생명체가 사라지거나 숨을 죽여 고요하겠지. 한 해가 가고 봄이 되면 땅속 깊숙이 움츠렸던 상수리나무들이 움터 나오기 시작하고, 그 후 잇따라 생명체들이 서서히 기지개를 켜고, 다시 세상 밖으로 나오게 될 거야. 그때면 나도 되돌아와야지.

그녀는 삭아 내린 가지들과 낙엽을 모아 쏘시개 더미를 만들었다. 떨리는 손으로 주머니에서 성냥을 꺼내 쏘시게 위에 그어 던졌다. 불꽃 더미가 한순간에 하늘로 치솟아 오르자 두려움이 사라졌다. 그녀는 눈먼 토끼처럼 내달리며, 성냥을 그어 계속 내던졌다. 불꽃이 바람을 타고 띠를 지어 다른 수풀로 건너뛰었다. 매설된 지뢰가 폭발하면서 천지가 발칵 뒤집혔다. 길짐승과 날짐승, 멧돼지, 고라니, 여우, 까마귀, 두루미, 독수리 등 저마다 뛰고 날며 아수라장이 되었다. 불길은 바람을 타고 건너뛰며 한순간에 먼 지평선까지 하늘을 물들였다. 그녀는 쉴 사이 없이 내달리다, 끝내는 지뢰를 밟아 사지가 파편에 찢기어 너덜거렸다. 불이 온몸을 덮치며 사물의 분간이 가지 않았다. 그녀가 쓰러진 곳은 바로 자기가 어릴 때 놀던 뒷동산이다.

"끝내 저렇게 해내고야 마는군."
절간 뜰에서 돌부처처럼 바라보고 있던 초우 스님이 말했다.
"해내다니요?"
"그 험난한 길을 헤매다, 드디어 집으로 돌아가는 것이 아니겠소?"
초우 스님은 말했다.
"그렇군요."

날이 밝기 무섭게 성준은 산을 내렸다. 강과 들에는 우윳빛 색깔의 안개가
엷게 끼어 있었다. 불은 아직도 새 터전을 찾아 옮기면서 멀리서 이글거렸
다. 그는 비상이 걸려 달려온 부대장과 함께 인아를 찾으려고 산을 헤매고
다녔다. 화마가 휩쓸고 간 땅은 거칠고 열기로 가득했다. 그녀가 쓰러져
있는 것을 발견한 곳은, 그녀가 자랄 때 자주 올라 놀던 뒷동산이다. 그녀
의 감긴 눈은 너무도 평화스러웠고, 그들을 수줍게까지 만들었다. 그녀는
곧 그녀네 밭이었던 산자락에 묻히었고, 한때는 그녀의 일생을 조명하려
는 다큐멘터리 제작진이 그곳을 맴돌았다.

-끝-

임진강 피닉스

ⓒ 장사주, 2023

초판 1쇄 발행 2023년 10월 18일

지은이   장사주
펴낸이   이기봉
편집   좋은땅 편집팀
펴낸곳   도서출판 좋은땅
주소   서울특별시 마포구 양화로12길 26 지월드빌딩 (서교동 395-7)
전화   02)374-8616~7
팩스   02)374-8614
이메일   gworldbook@naver.com
홈페이지   www.g-world.co.kr

ISBN   979-11-388-2388-3 (03810)